LE CAVALIER DU BAÏKAL

DU MÊME AUTEUR
CHEZ POCKET

Jésus, le fils du charpentier
Le carcajou
Malataverne
Le soleil des morts
Lettre à un képi blanc
Les petits bonheurs
Meurtre sur le Grandvaux
L'Espagnol
Le Seigneur du fleuve
Le tambour du bief

LES COLONNES DU CIEL

1. La saison des loups
2. La lumière du lac
3. La femme de guerre
4. Marie Bon Pain
5. Compagnons du Nouveau Monde

LA GRANDE PATIENCE

1. La maison des autres
2. Celui qui voulait voir la mer
3. Le cœur des vivants
4. Les fruits de l'hiver

LE ROYAUME DU NORD

1. Harricana
2. L'or de la terre
3. Miserere
4. Amarok
5. L'angélus du soir
6. Maudits sauvages

CHEZ POCKET JEUNESSE

Wang chat-tigre
Akita
La chienne Tempête
Jésus, le fils du charpentier
La louve du Noirmont

Bernard Clavel

Bernard Clavel est né à Lons-le-Saunier, dans le Jura, en 1923 ; il quitte l'école dès l'âge de quatorze ans, et entre en apprentissage chez un pâtissier de Dole. Les deux années qu'il passe sous la coupe d'un patron injuste et brutal vont faire de lui un éternel révolté. Du fournil à l'usine, du vignoble à la forêt, de la baraque de lutte à l'atelier de reliure, de la Sécurité sociale à la presse écrite et parlée, il connaît bien des métiers, qui constituent « ses universités ». Il écrit son premier roman, *L'ouvrier de la nuit*, en 1954. Encouragé dès lors par Jean Reverzy, Gabriel Chevallier, Armand Lanoux, Gaston Bachelard, Gabriel Marcel, Hervé Bazin, Marcel Aymé et quelques autres, il poursuit une œuvre qui s'impose peu à peu : il obtiendra plus de vingt prix, dont le prix Goncourt 1968 pour *Les fruits de l'hiver*. Il entre à l'académie Goncourt en 1971 au couvert de Giono, décide de la quitter en 1977, et n'a jamais accepté la Légion d'honneur...

Bernard Clavel puise son inspiration dans la Franche-Comté de son enfance, et dit volontiers que son mariage avec la romancière québécoise Josette Pratte lui a permis de donner à son œuvre un deuxième souffle, avec, entre autres, *Le royaume du Nord*, une grande fresque romanesque inspirée par l'aventure des pionniers canadiens. La guerre et le combat pour la liberté, la dignité humaine et l'amour de la nature sont les thèmes majeurs de son œuvre.

En quarante ans, il a écrit plus de quatre-vingt-dix ouvrages — romans, essais, contes et poèmes pour enfants —, traduits dans une vingtaine de pays, et il figure parmi les trois auteurs préférés des Français d'après une étude de la Sofres. Éternel errant, il a déménagé plus de quarante fois, écrivant et peignant toujours avec le même acharnement.

BERNARD CLAVEL

LE CAVALIER DU BAÏKAL

ALBIN MICHEL

ISBN : 2-266-11395-X

À Roger Perrot
Homme de justice.

Fraternellement,
B.C.

Ce que les hommes appellent civilisation, c'est l'état actuel des mœurs et ce qu'ils appellent barbarie, ce sont les états antérieurs. Les mœurs présentes, on les appellera barbares quand elles seront des mœurs passées.

Anatole FRANCE

Prologue

Des personnages de roman peuvent naître d'une réalité, d'autres d'un rêve de lumière et de vent. Ainsi en est-il de Sadko, ce cavalier du lac Baïkal que j'ai vu galoper sur son tarpan des steppes, un matin de printemps. Sadko allait sans toucher le sol. Je ne sais plus s'il se fondait aux brumes qui montaient des eaux ou si c'étaient les sabots de son cheval qui soulevaient les nuées de clarté dont monture et cavalier s'enveloppaient.

Il a passé très vite. Sans me voir. Sans que je puisse savoir ni d'où il venait exactement, ni où il allait, ni à quelle époque il appartenait.

Mais il était venu. Son image est demeurée en moi. Elle m'a habité des années. Elle s'estompait, disparaissait quelque temps pour surgir de nouveau des brouillards de mon rêve.

S'il a fini par s'imposer à moi au point de m'obliger à raconter son histoire, c'est sans doute qu'il était las de sa longue errance en un univers sans limites précises, en des temps mal définis. Et si j'ai décidé de le faire galoper jusque sur nos terres, c'est que je voulais que ce barbare découvre un monde où la barbarie peut prendre des dimensions qu'un homme des steppes ne saurait imaginer.

Durant des lunes et des lunes, accompagné par les êtres de son peuple qui ont accepté de le suivre, il se rendra jusque sur ces terres où, un demi-siècle avant la naissance de Jésus, régnait déjà une violence que les siècles, et ce que les hommes ont appelé la civilisation et le progrès, n'ont fait que multiplier sans cesse.

En ce temps-là, Jules César menait la guerre des Gaules. Les Helvètes, à la recherche de davantage d'espace vital, entreprenaient de se rendre jusqu'en Saintonge. Les historiens ont peu parlé de cette épopée. Sadko a voulu la vivre avec ceux qui l'avaient accueilli. Je n'ai fait que l'accompagner. Avec lui, j'ai galopé durant des saisons et des saisons, traversé des fleuves qui n'avaient pas encore de nom, franchi des montagnes où nul chemin n'était tracé. Avec lui, j'ai souffert. Bien plus que lui j'ai tremblé de froid et de peur.

Avec lui, j'ai aimé les terres traversées et les êtres qui les habitent.

Avec ce cavalier du Baïkal, je continue de marcher dans un rêve de lumière et de vent, comme si son merveilleux tarpan voulait m'entraîner plus loin encore, dans d'autres aventures.

Ami de Sadko dès les premières pages de ce roman, j'ai fini par être, autant que lui, amoureux de son cheval.

B.C.

PREMIÈRE PARTIE

Le jeune chef

1

La fin de l'hiver s'annonce. Brutale. Violente. Aussi rageuse que son début. Le premier jour, la neige a commencé de fondre, luisante, couverte de gouttes que le vent faisait trembler. Tout étincelait. Puis, le soir, d'un coup tout s'est de nouveau pétrifié. Glace, givre, air tranchant, vent du nord fauchant bas. Partout le cristal sonore, sur les terres nues, sur les rives broussailleuses, dans la forêt profonde.

Sur la plaine comme au flanc des montagnes, en bordure du village, les touffes de joncs et les ronciers pétillent comme un feu de brindilles. La neige n'est pas épaisse. Il a fait trop froid pour qu'il en tombe beaucoup. Le vent a soufflé trop fort au cours de la morte-saison.

Le Baïkal sera bloqué encore longtemps. Sur son miroir où sinuent de longues congères, se lisent les traces de multiples passages. Durant des lunes, les cavaliers ont galopé d'une rive à l'autre.

Le village se dresse à une vingtaine de pas de la côte ouest. À peu près trente cabanes de bois et quelques tentes de peaux d'ours et d'aurochs. Tout autour, c'est la boue piétinée que le gel a durcie. Çà et là, une roche émerge.

Sadko fouille du regard l'immensité où la première lueur étire des ombres violettes entre les crêtes qu'elle embrase. Sadko a souvent parcouru ces glaces avec ses amis. Ils sont allés chasser loin. Très loin sur la rive du soleil levant. Ils ont même livré bataille à d'autres clans.

Ce matin, il n'ira ni chasser, ni creuser la glace pour pêcher, ni faire la guerre à d'autres hommes.

La guerre, c'est à elle qu'il pense. La sentence a été prononcée. Sadko va mourir. Il n'a jamais redouté la mort dans le combat. C'est à la guerre qu'il aurait voulu mourir.

Où est donc Navra, son cheval ? Les autres ont dû l'attacher à un arbre, assez loin d'ici. S'il se trouvait à proximité, Sadko l'entendrait hennir. Si Navra sentait son maître emprisonné, il briserait sa longe pour venir défoncer la porte et le délivrer.

Sadko n'a pas dormi. Il est resté debout toute la nuit à écouter le vent. Le vent parle de liberté. D'espaces infinis. De courses sur la glace ou dans la taïga.

Les poignets du prisonnier sont liés devant lui par une solide lanière tellement serrée que ses mains sont engourdies. Presque mortes. Les veines de ses avant-bras nus sont gonflées. Une douleur sourde monte jusqu'à ses épaules, mais Sadko ne craint pas la douleur. Il a plusieurs fois été blessé, jamais il n'a laissé aller la moindre plainte.

Une autre courroie de cuir passe entre ses mains et serre sa taille pour interdire à ses bras tout mouvement.

Durant la nuit, autour de sa prison, deux guerriers ont marché. Certains l'ont insulté. D'autres ont craché vers lui. D'autres n'ont rien dit.

Par l'étroite fenêtre, il contemple le lac. À présent, une brume légère qui semble couler de la montagne efface peu à peu l'autre rive.

Sadko regarde et, en même temps, il voit se dessiner des visages. Ceux des morts : son père, sa mère, des amis tombés au combat, des vieillards dont il entend encore la voix chevrotante raconter l'histoire de son peuple. L'histoire venue de la nuit lointaine des temps. Car des saisons et des saisons ont coulé depuis que ses ancêtres sont arrivés là après des lunes et des lunes de marche épuisante pour fuir le feu du ciel. Pour fuir un pays où plus rien ne pouvait vivre.

Est-ce possible ? Est-il vraiment des terres où le soleil tue la vie ?

Sadko ne peut s'empêcher d'imaginer Rotchka, la fille qu'il aime. Il la voit qui se lève sans bruit. Elle sait où Navra est attaché. Elle va le chercher. Elle l'amène ici. Le cheval qui sait admirablement ruer tue les deux factionnaires. La jeune femme fixe alors la longe à un barreau de la fenêtre. Le cheval tire et les planches cèdent facilement. Le couteau de Rotchka tranche les liens. Elle bondit avec Sadko sur le cheval qui les emporte.

Sadko sait qu'ils fuiront en direction du couchant. Même portant deux cavaliers, Navra est le plus rapide. Nul ne saurait le suivre.

Navra est un tarpan des steppes au pelage roussâtre et à la longue crinière noire. Une bête très haute et élancée. S'il appartient à Sadko, c'est que personne d'autre n'a jamais pu le monter. Sa brutalité a découragé tous ceux qui ont tenté de le dresser. Seul Sadko a su lui parler. Très vite, il est devenu son ami.

— Si on me tue, qui le prendra ? Ils le battront. Il se défendra. Ils le tueront.

Sadko sent la colère inonder ses muscles. Ses bras se gonflent. Les liens pénètrent sa chair mais il domine la douleur. Le cuir est solide.

— Nul ne pourra soumettre un animal aussi fier.

Soudain, Sadko frémit. Un pas sur la terre dure. L'œil collé à une fente du bois, il voit marcher Omakis, le vieux chef. Omakis boite et s'aide d'un bâton. Il a du mal à se traîner et ça ne l'a pas empêché d'être le premier levé pour le plaisir qu'il va s'offrir de voir mourir celui qu'il a condamné.

Ce vieillard qui n'est plus en mesure de mener le village, qui n'arrive même plus à monter à cheval, ne peut pas gouverner. Ce n'est plus un chef. Et c'est parce que Sadko a osé le dire qu'il l'a condamné à mort. Tout le monde le pense, mais personne n'ose rien faire. Personne n'a pris la défense de Sadko qui, pourtant, a lu dans bien des regards une approbation, un encouragement qui lui étaient adressés.

À présent, Sadko va mourir et le vieillard mènera le clan au désastre. Si le village est attaqué, qui prendra le commandement ?

Omakis a disparu derrière une tente de cuir. Il reparaît bientôt et s'engage sur l'espace dénudé où ne subsistent plus que quelques traces de neige et de la glace dans des creux. Sur cette place où se tiennent les assemblées, le sol n'est que boue durcie par le gel, herbe piétinée et paille éparpillée. Le vieux chef s'immobilise au centre de cet espace, à quelques pas du rivage. Sa main gauche porte une branche évidée et la droite une petite massue.

Sadko sait ce que ça signifie.

Le vieillard scrute un moment l'immensité gelée, puis se tourne vers les tentes et les cabanes. Sadko se retire d'un pas pour ne pas donner à Omakis le plaisir de le voir ainsi dans l'attente. Le vent soulève la longue barbe grise du vieux chef et fait vibrer les moustaches qui tombent sur sa bouche. Le captif devine le sourire plein de haine qui éclaire le visage cuivré aux pommettes saillantes. Chaque ride de cette peau usée doit rire.

Omakis lève lentement ses mains et se met à frapper à grands coups sur le bois qui émet un son fêlé. Aussitôt, les enfants sortis des tentes et des cabanes se précipitent et amorcent un grand cercle autour du vieillard. Bientôt, arrivent les femmes et les hommes. Tout le monde est vêtu de cuir et de fourrure. Le prisonnier remarque que ses meilleurs amis viennent les derniers. Tous ont un regard dans sa direction, mais il est resté en retrait de l'ouverture et nul ne peut voir son visage dans l'ombre.

Quelques instants passent. Le vieux chef doit s'assurer que personne ne manque. Il se fait un mouvement dans les rangs. Quatre hommes en sortent qui se dirigent vers les tentes. Sadko a compris. Il sait qu'ils vont chercher Rotchka. Une fois encore, au moment où ils reviennent en entraînant la jeune fille, les muscles du prisonnier se gonflent de colère. Les liens entrent plus profondément dans ses chairs meurtries. Du sang coule chaud dans ses mains glacées. Il voudrait bondir et cogner. Des larmes de rage brouillent sa vue mais, très vite, il se ressaisit en percevant un bruit de pas tout proche. Derrière lui, la porte s'ouvre. Le vent glacé et tranchant lui fouette le corps. Un frisson court sur son échine.

Quatre hommes armés de lances sont là. Quatre qu'il n'a jamais aimés. Sadko les domine d'une bonne tête. Il se sait beaucoup plus fort qu'eux. Il ne lui faudrait pas longtemps pour en désarmer un et les tuer tous. Mais les liens résistent. La courroie est plus forte que sa colère.

— Tu as froid, Sadko, tu n'auras plus froid dans un moment.

— Il n'a pas froid, tu vois bien qu'il a peur.

Sadko s'efforce de rester calme pour répliquer :

— Seul un lâche ose insulter un homme aux mains liées.

Et il crache aux pieds de l'autre que ses camarades retiennent en disant :

— Laisse, tu riras bientôt.

— Sadko qui se voyait déjà chef et qui tremble, on aura tout vu !

Le captif s'est redressé de toute sa taille. Il ne tremble plus. Il ne sent plus la morsure du vent qui pénètre son vêtement déchiré. Son visage que barre une épaisse moustache aussi noire que son regard semble habité d'un calme infini. Malgré eux, ceux qui sont chargés de le conduire au supplice sont impressionnés.

Avant même qu'ils ne lui en donnent l'ordre, il marche d'un pas assuré et sort en se courbant légèrement pour passer la porte. Tout de suite, il se dirige vers la foule qui s'écarte devant lui. Son œil terrible balaie les visages et bien des regards se détournent, bien des paupières se baissent. D'autres qu'il connaît, dont il sait les sentiments le suivent avec amour. Un instant, Sadko espère qu'ils vont bondir sur ses gardes et le délivrer mais, tout de suite, il voit Rotchka. Il ne fixe plus qu'elle. Des hommes la tiennent. Elle est muette mais son visage parle pour elle. Des larmes coulent sur ses joues. Des larmes que les premiers rayons du soleil sortant de terre métamorphosent en perles d'or. La jeune fille ne lance qu'un seul cri déchirant d'une voix qui se brise comme de la glace sous le sabot d'un cheval.

— Sadko !

En écho, un hennissement monte de derrière la tente la plus proche. Le prisonnier ne peut s'empêcher de tourner la tête. Son tarpan a reconnu le nom de ce maître qu'il aime.

Lorsque Sadko est à quatre pas du vieux chef,

celui-ci lève sa petite massue et frappe le bois une seule fois. Sadko s'arrête, les gardes sur ses talons. Au moindre geste de sa part, ces hommes auraient plaisir à lui planter dans le dos le fer de leurs lances. Ses jambes ne sont pas entravées serré. On lui a laissé assez de lanière pour qu'il puisse marcher. Il pourrait bondir et ses deux pieds atteindraient le vieillard en plein visage. Un hurlement. Son cheval arrive au galop. Il saute en travers de son dos. Il est sauvé. Mais aussitôt les autres tueront celle qu'il aime.

Tout a été bref, mais d'une telle luminosité qu'il en est un instant ébloui. Son regard en est éclairé. Omakis dit :

— Je vois que tu n'as pas peur.

— Je n'ai pas à avoir peur.

— Tu ne redoutes pas la mort ?

— Seul celui qui me la donnera doit redouter la colère des dieux !

Le vieux se met à rire. Sa barbe s'ouvre sur sa bouche édentée qui n'est qu'un trou noir.

— Celui qui va te tuer n'a rien à craindre des dieux... mais il te reste une chance d'échapper au châtiment.

Sadko voudrait maîtriser son cœur, mais son cœur bondit dans sa poitrine.

Le vieux marque un temps. Il prend un certain plaisir à faire traîner les choses. Son petit œil gris très enfoncé dans ses orbites fait le tour de son peuple. Le vieux tient à peine debout. Tout le monde le sait, pourtant, cet œil fait plier les nuques. Sans savoir ce qu'il a dans son crâne où le cerveau doit être bien rabougri, ses sujets approuvent. Sa lèvre inférieure mordille sa lourde moustache comme s'il ne parvenait pas à se décider. Enfin, levant sa canne qu'il a reprise après avoir posé sa massette et son bois creux, d'une voix aigre, il se met à parler :

— Sadko, toi que j'ai aimé comme mon fils, tu as voulu prendre le commandement du clan. Tu as souhaité ma mort avant l'heure que les dieux ont fixée pour moi. Est-ce que tu regrettes ton geste ?... Est-ce que tu demandes pardon de ton crime ?

Le prisonnier se donne le temps d'un regard à Rotchka. La jeune fille ne pleure plus. Son visage exprime une infinie tristesse mais elle trouve la force de sourire. En silence, elle crie : je t'aime, sois fort !

Le prisonnier gonfle sa poitrine. Pas un tremblement, pas un frémissement. Rien en lui qui laisse percer la moindre crainte. Il ne sent plus ni le froid ni la morsure des liens. Levant très haut la tête, d'une voix qui semble le tonnerre après celle si frêle du vieillard, il lance :

— Je n'ai commis aucun crime. Je n'ai tué qu'en combattant pour le bien de ceux qui sont là. Je n'ai pas un instant souhaité ta mort, j'ai seulement osé dire, et je le répète, qu'un vieillard n'est plus apte à nous mener. Si tu es un vrai chef, tu dois laisser ta place à un homme en âge de porter les armes et de monter à cheval. Un homme plus fort, plus adroit et plus rapide que toi. Je suis certain de parler pour le bien de tous. Je n'ai à demander pardon de rien.

Un frisson a couru sur l'assemblée, mais nul

n'ose prononcer une parole. Nul n'ose ébaucher le geste qui sauverait le condamné.

— Si tu ne regrettes rien, glapit le vieux dont la voix vibre curieusement, tu mérites la mort.

Le mot emporté par le vent de glace s'enfonce entre les arbres de la forêt.

Sadko sourit. Le plus gros de la foule se trouve derrière lui. Il sent les regards fixés sur sa nuque. Là où la lame va frapper. Il regarde encore celle qu'il aime. Il ne veut pas faiblir et il lit dans ses yeux qu'elle sera forte jusqu'au bout. Quelques instants passent durant lesquels même le vent retient son souffle.

Le ciel où avancent des nuées de plomb laisse encore filer sur le lac une longue lame d'or. C'est vers ces immensités que se perd à présent le regard du condamné. L'autre rive demeure noyée de vapeurs où se creusent des vallées d'ombre. Dans ce silence écrasant, la voix du vieux chef se remet à grelotter :

— Tu contemples le Baïkal, Sadko. Tu as raison. C'est lui qui va te tuer... Et tu sais que le Baïkal est un dieu qui ne redoute pas la colère des autres dieux.

Ces paroles ont passé sur les têtes comme un souffle de vent sur de hautes herbes. Le vieillard laisse s'éloigner ce murmure avant de reprendre :

— C'est par le lac que tu vas mourir et... par ton cheval !

Le murmure de l'assemblée se fait plus présent. Sadko se demande un instant si une révolte n'est pas en train de fermenter. Mais il suffit que le chef les regarde pour que ces gens se taisent. Et le condamné sait bien que ses amis ne bougeront pas. Ils respectent la loi venue du fond des temps et qui exige que les sujets soient soumis au chef jusqu'à son dernier souffle. Nul ne s'est jamais élevé contre la loi. Nul n'a jamais osé contredire le chef.

Soudain, le vent du nord bondit. Il prend de la gueule et balaie en hurlant le lac sur toute sa longueur. Les peaux des tentes claquent. Le bois évidé que le vieux avait posé debout devant lui tombe et roule jusqu'aux pieds d'un homme en armes qui se hâte de le ramasser. Un instant, le chef qui vient de voir là un mauvais présage se sent désemparé. Il hésite. Son regard vole comme un insecte puis, se tournant de nouveau vers le condamné, il glapit :

— Hein ! C'est bien ça ! Tu es seul à pouvoir monter cet animal aussi fou que toi. Ah ! Tu es assez fier de ton cheval. Alors c'est lui que j'ai choisi pour te traîner jusqu'au fond de la mort. Au fond de l'enfer où tu as ta place. Tu vas périr comme doivent périr ceux qui ont tué leur père !

Le visage du condamné qui s'était contracté se détend soudain. C'est presque une onde de joie qu'il sent couler en lui. Comme un grand feu d'espoir et tous ceux qui regardent ses yeux y voient luire la clarté de ce feu.

D'une voix forte, comme s'il lançait un cri de victoire, Sadko répond :

— Ma mort retombera sur toi et sur tous ceux qui approuvent ta sentence !

Comme des murmures montent de nouveau, le chef crie :

— Qu'on en finisse !

Six hommes entourent Sadko qui n'oppose pas la moindre résistance. De lui-même, il s'allonge sur le sol gelé. Deux hommes lient ses jambes serrées l'une contre l'autre. Puis, prenant une forte lanière, ils en nouent une extrémité autour de ses chevilles. Ils ont à peine terminé que deux guerriers arrivent avec son cheval qu'ils ont grand-peine à maîtriser. Calmement, d'une voix profonde qui émeut bien des gens, Sadko dit :

— Tout doux, Navra ! Tout doux, mon grand !

Aussitôt, le cheval s'apaise. Il tourne la tête pour tenter de voir son maître. Ses naseaux fument. Le vent soulève sa crinière noire. Il porte le harnachement qu'il avait quand Sadko a été arrêté. Nul n'a donc pu le toucher autrement que pour le conduire ici. Dès que les hommes ont fixé la courroie à la croupière, ceux qui tenaient la bride s'écartent. Tous s'éloignent tandis qu'un autre s'avance. Armé d'une longue cravache, il fouette de toutes ses forces la croupe luisante. Le tarpan pousse un hennissement terrible et part au grand galop.

Une douleur violente. Une sorte d'arrachement monte des chevilles de Sadko jusque dans son ventre. Il fait un effort énorme pour lever la tête. Sous son dos, un véritable brasier crépite. Il perçoit les hurlements de ceux que le spectacle rend fous mais, bientôt, le seul bruit qui le pénètre est celui des sabots sur la glace et de la glace sous son dos.

Devant ses yeux, tout danse. Tout se brouille et se confond. Il voit tout et il ne voit rien. Le ciel noir lardé de feu, la croupe luisante, la queue au vent de la course, la glace arrachée par les sabots et qui fouette son visage.

Un instant, Sadko sent la mort sur lui. Un écrasement. S'il lance à son cheval l'ordre de s'arrêter, le cheval s'arrêtera. Mais le condamné est assez lucide encore pour savoir que les hommes seront vite là. C'est à eux plus qu'à la mort qu'il veut échapper. Il sait aussi que s'il faiblit, si sa tête retombe, son crâne éclatera.

Alors que sa vision se brouille davantage, que tout devient grisailles lardées d'éclairs, sans qu'il le veuille vraiment, il hurle :

— Navra ! Gauche ! Gauche !

Aussitôt, sans ralentir, le cheval qui fonçait droit vers l'autre rive oblique et galope comme s'il voulait atteindre le fond lointain du Baïkal. Ce lieu où jamais Sadko n'est allé parce qu'on prétend que, là-bas, habitent les dieux qui ont donné naissance au lac et n'acceptent aucune présence humaine.

Voyant la direction que prend le cheval, le vieux chef se tourne vers son peuple et déclare :

— Vous voyez, Sadko est mort et son cheval le traînera jusqu'où l'attendent les dieux du lac pour lui ouvrir les portes de l'enfer !

Entendant ces propos, Rotchka lance un cri de douleur et tombe sans connaissance. Des femmes se précipitent et l'emportent sous la tente la plus proche.

Lentement, les gens regagnent leur demeure. La clarté a changé. Le vent moins violent porte les premiers flocons. Tamar, un des amis de Sadko, dit tristement :

— C'est la tempête de la mort injuste qui commence, elle sera terrible.

2

Sadko ne voit plus rien. Il sent la mort qui le pénètre par toutes les plaies de son dos. Ce n'est même plus une douleur. La vitesse, l'air glacial, les projections de poussière de glace, tout se conjugue pour qu'il soit comme pris dans un tourbillon de feu. Pourtant, à travers ces remous qui mêlent à sa mort proche ce qui lui reste de vie, se dessinent soudain des branchages, des masses d'un vert sombre. La forêt. Le rivage est là. Les rochers, les troncs d'arbres. Sadko n'est plus qu'un cri. Un hurlement qui jaillit de sa poitrine :

— Halte ! Haaaalte !

Puis, comme le cheval freine des quatre fers et glisse sur la glace, un gémissement :

— Navra.

Le coursier s'est arrêté si brutalement que son maître se trouve entre ses pattes, emmêlé dans les courroies. L'homme à bout de forces pose quelques instants sa tête sur la glace. La plus lancinante douleur vient de sa nuque raidie par l'effort. Il sent qu'il risque de perdre connaissance et il sait qu'il ne doit pas se laisser aller.

— Tout doux, Navra. Tout doux.

Le cheval tord son col pour le regarder et le blessé sent sur lui la bonne tiédeur du souffle. Il ne peut s'empêcher de dire :

— Je savais bien qu'avec toi...

La forêt est là. Une pointe où poussent de petits sapins baumiers s'avance sur la gauche. Du village, on ne peut pas voir le fond de cette crique. Il faut que Sadko parvienne à se défaire de ses liens. S'il reste ainsi immobile, c'est le froid qui le tuera. Se soulevant au prix d'un effort qui réveille une douleur dans chacune des plaies de son dos, il réussit à retirer ses mains de la courroie qui les tenait contre son ventre. Il s'accorde quelques instants pour retrouver sa respiration puis, d'un autre effort, il se couche sur le flanc gauche, se plie de nouveau et parvient à s'agripper à la courroie qui le tient à la croupière. Le cheval reste d'une immobilité de roc.

L'homme tente en vain durant de longues minutes de desserrer le nœud. Il n'en a pas la force. Épuisé, il se laisse aller en arrière. Il sait à présent que s'il ne parvient pas à libérer ses poignets, il mourra ainsi, au bout de son sang qui coule de ses plaies.

Alors, approchant ses mains liées de sa bouche, de toute la force de ses mâchoires, il mord le cuir. Ce sera long, mais il comprend vite qu'il peut en venir à bout. La rage le tient. Elle l'aide beaucoup. Sans s'arrêter un instant, il mord et crache.

Il mouille le cuir de sa salive qui gèle presque instantanément. Et le gel rend le cuir plus friable.

Enfin, une lanière cède. Forçant en maîtrisant la douleur de son poignet, il réussit à libérer sa main droite.

Le cheval tremble sur ses pattes comme s'il souffrait pour son maître.

À présent, c'est presque un jeu pour Sadko de dégager son poignet gauche. De ses deux mains libres, s'arrachant à demi les ongles, il parvient assez vite à libérer ses chevilles. Il se dresse sur les genoux. Pour se mettre debout, il doit se cramponner à l'étrier puis à la selle. Tout se met à tourner autour de lui. Le front contre le flanc de son cheval, les mains crispées au harnais, il doit demeurer un long moment immobile sur ses jambes qui tremblent et vont fléchir sous son poids. D'une voix à peine perceptible, il parle :

— Tu es mon ami, Navra. Le meilleur de tous. Tu m'as sauvé... Tu vas encore m'aider.

Il relève la tête, se retourne et fixe les arbres. Plus rien ne tourne. Seul le vent malmène les branches et pousse des nuées blanches venues du nord. De cette naissance du lac où vivent les dieux.

— Tu vois, Navra, les dieux sont avec nous. Ce sont eux qui nous envoient la tempête.

Le cheval hoche sa grosse tête. Les flocons tombent de plus en plus serrés. C'est une neige encore fine et qui tiendra. Le cavalier demeure un moment collé au flanc de la bête puis, comme le froid commence à le saisir, il prend la bride et dit doucement :

— Viens.

Ils ont quelques difficultés à franchir les rochers du rivage mais, une fois dans la forêt, la marche est plus aisée. Ils vont en direction du village puis, comme ils atteignent une masse d'épicéas, Sadko s'engage sous les branchages où filtrent à peine quelques lueurs. Il cherche un dévers qui l'abrite un peu du nord.

— Couche-toi, Navra.

Le cheval obéit aussitôt, un peu étonné. L'homme arrache ce qui tient encore de son vêtement en lambeaux et, s'allongeant sur le côté, il présente son dos à son cheval.

— Lèche, Navra... Lèche, mon grand.

Le cheval flaire ce dos où le gel a formé des croûtes brunes et luisantes. Sadko sent la chaleur du souffle. Quelques instants passent et bientôt la grande langue râpeuse et chaude se met à lécher les plaies. L'animal travaille longtemps ainsi. C'est très apaisant et Sadko éprouve la sensation que la vie sourd de nouveau en lui. Très lentement d'abord, puis beaucoup plus vite.

C'est tellement doux que l'homme épuisé finit par sombrer dans un sommeil fiévreux. Le cheval cesse de lécher et pose sa tête contre ce dos où courent des frissons.

Ce sont le froid et la faim qui tirent Sadko de son sommeil. Ses pieds nus sont presque insensibles, mais des élancements fulgurants montent dans ses jambes comme s'ils progressaient au cœur des os. La lumière est très faible. Sadko secoue la neige qui le recouvre et, péniblement, il parvient à se dresser. Son cheval se lève aussi. Ils restent un moment immobiles, l'homme appuyé contre la bête.

— On va aller, Navra... Hein ? On va aller ?

Comme s'il comprenait, le cheval hoche la tête. À plusieurs reprises, il se secoue. Sadko est réconforté de pouvoir lui parler.

— Faut pas approcher par ce côté. Faut contourner par le bois. Avancer à contre vent. Et du bon côté.

Lentement, Sadko qui ne sent plus ses pieds se met à progresser. C'est comme s'il marchait sur des pieds en pierre. Après peut-être une centaine de pas, il décide de monter à cheval. Avec un animal pareil, il sait qu'il ne risque rien. On voit encore assez pour qu'il évite les branches basses. D'ailleurs, Navra les sentira.

L'homme monte.

— Doucement, Navra.

À petits pas, comme s'il redoutait de faire souffrir son maître, le tarpan progresse entre les bouleaux et les épicéas. Ils montent ainsi à flanc de montagne pour contourner assez largement le village où certains chiens pourraient donner de la voix même pour un cavalier connu.

Une fois débordé le village, ils descendent. La nuit est presque là. À présent, le vent du nord les cingle par le travers et sa morsure est terrible. Sadko est à ce point pénétré par le froid qu'il ne souffre plus. Il se sent léger. Il se demande, par moments, s'il n'est pas mort. Si ce qu'il fait ne se situe pas dans un autre monde.

Non, le village est bien là. Des lueurs se dessinent entre les branches secouées par le vent. Le voile de la tempête fait ondoyer ces clartés rouges.

Sadko met pied à terre et doit serrer fort ses lèvres pour ne pas hurler.

— Navra, tu restes là... Pas bouger. Pas bouger.

Avec mille précautions, Sadko progresse vers la cabane la plus proche, celle où son ami Tamar vit seul depuis la mort de sa mère. Il en est encore à plus de dix pas quand un remous de vent lui apporte l'odeur de la fumée. Une fois tout près du mur de rondins, il perçoit le grondement de Balik, la chienne de Tamar. Mais elle l'a reconnu, c'est un grognement d'affection. La porte s'ouvre et la voix de Tamar interroge la nuit :

— Qui c'est ?

— Tu es seul ?

— Au nom du ciel ! Sadko !

— Oui, c'est moi.

— Entre vite... Je savais... Je savais... Tu pouvais pas...

Il n'achève pas. Il serre Sadko contre lui. Du petit foyer allumé au centre de l'unique pièce, montent une clarté et une chaleur qui sont la vie. Tamar ne sait plus que faire. Sadko s'est assis sur un plot de bouleau. C'est lui qui ordonne :

— Tu vas chercher Rotchka. Qu'elle vienne avec sa mère. Sa mère sait les remèdes. Après, tu vas droit vers le sud. Trente pas. Navra y est. Tu lui portes à manger.

— J'ai de la fougère, fait Tamar en sortant.

Resté seul avec la chienne, Sadko s'allonge près d'elle, le dos offert à la chaleur du foyer. Se ployant en deux, il parvient à empoigner ses pieds pour les frictionner. Ses mains sont sensibles, mais les pieds ne le sont plus.

Sadko a envie de les approcher du foyer, mais il n'ose le faire. Il sait qu'il faut éviter la trop forte chaleur. Il les lâche et reste recroquevillé sur le flanc. La chienne s'est approchée de lui et la chaleur de son corps est douce sous ses bras qui la serrent. Balik lèche la main droite de l'homme qui ferme les yeux.

Là, il accepte la mort. La mort sera douce. Elle entrera en lui comme une eau faite pour calmer la douleur. Il n'y a plus que le lointain hurlement du vent. Une musique qui le pénètre comme le pénètre la nuit.

3

Le Baïkal c'est le pays du long hiver. La glace. Épaisse. Lourde. La neige qui écrase la terre et fait ployer la forêt sous sa masse sans vie. Les arbres se brisent. Ils tombent sur d'autres arbres. Tout s'enchevêtre. Autour de ce lac immense les eaux vives se pétrifient.

Sur ces monts, dans ces vallées, sur les terres plates qui vont à l'infini, rien ne peut plus subsister. Et pourtant, vivent là des bêtes et des hommes.

Les loups. Ils sont les maîtres du pays. Rien ne s'accorde au vent mortel du nord comme le hurlement des loups. Ils vont par dix, par vingt, peut-être par centaines. Tout fuit devant eux. Tout sauf les hommes qui ont le feu et la flèche. Même l'ours détale quand arrive la meute hurlante. Quand ils se lancent sur la glace du lac, leur longue file sinue comme un serpent et va jusqu'à l'autre rive. Mais l'autre rive aussi est saisie par l'hiver.

Les loups habitent partout où ils peuvent découvrir un gîte. Sous des souches, dans des creux de rochers. Contre des troncs couchés. Le vent du nord construit pour eux des toits de neige que le froid durcit. Les plus jeunes s'enfoncent sous ces abris que détruira le premier redoux. Les femelles se collent contre eux. Puis les mâles en pleine force. Puis les plus vieux dont toute la bande sait qu'ils mourront bientôt.

Car l'hiver tue même les loups.

C'est avec eux qu'il s'accorde le mieux. Avec eux il aime à hurler dans les nuits les plus froides. Tout tremble au son de ces cris qui sentent la mort et qui, cependant, sont la vie. La bise les porte très loin vers le sud. Au passage, comme le fait la tempête de neige, ces hurlements enveloppent les maisons où vivent les humains. Même le feu tremble quand ils passent en griffant les murs de rondins et les toits de branches et d'herbes que la glace recouvre. Tout vibre sous leurs redoutables caresses.

Mais les hommes du Baïkal connaissent trop l'hiver pour redouter ses menaces. Ils savent qu'il passe sur le pays comme passent les autres saisons. Les arbres que brise son souffle repousseront. La forêt finit toujours par vaincre ses attaques.

Le printemps viendra qui l'empoignera de toutes ses forces. De partout jaillira la vie. Mille et mille oiseaux tomberont du ciel ou sortiront d'on ne sait quelle cachette et leur chant de vie remplacera le hurlement des loups.

Les gens du Baïkal ne redoutent pas l'hiver. Et des voyageurs venus du Sud qui leur parlent de contrées sans neige et sans froidure, ils ont peine à croire qu'une partie du monde puisse vivre sans l'éternel soleil. Certains demandent :

— Mais où vont les loups ?

Et les hommes du Sud ne peuvent pas répondre. Car les loups n'habitent pas où ne passe jamais le vent glacé porteur de neige. Le vent qui transforme les sources en rochers transparents où se joue la lumière du ciel.

4

Ce sont les baisers et les caresses très douces de Rotchka qui ont réveillé Sadko. La jeune fille est agenouillée près de lui. Ses longs cheveux le frôlent, des larmes de bonheur qu'elle verse lui baignent le visage. Voulant la serrer contre lui, il fait un mouvement qui lui arrache un cri de douleur.

— Ne bouge pas, nous allons te soigner.

— Ta mère est là ?

— Oui, elle est là.

Elle le soulève pour qu'il puisse voir Maneck qui se penche à son tour en promettant :

— Je vais soigner ton dos. J'ai apporté les herbes qu'il faut. Mais avant, il y a tes pieds.

Se tournant vers Tamar, elle ordonne :

— Va me chercher de la neige.

Le gros Tamar qui a toujours l'air un peu emprunté se hâte. Il tourne trois fois sur place avant de faire un pas vers un angle où il se baisse pour empoigner un lourd récipient de bois. Rotchka qui s'est précipitée lui ouvre la porte et la referme derrière lui. Malgré sa souffrance,

Sadko sourit de la voir mince et élancée derrière Tamar rond et aussi large des fesses que des épaules. La jeune fille revient et, tout de suite, il lui demande :

— Navra ?

— Je suis allée avec Tamar. Il est où tu l'as laissé. Nous lui avons porté du fourrage et même du grain.

Le blessé serre la main douce de Rotchka. Il la porte à ses lèvres.

— Tu as très mal ?

— Je suis vivant. Navra m'a sauvé.

Le gros rentre avec son récipient plein de neige. Il le pose près des pieds de son ami.

— Aide-moi, dit la vieille. Tu soulèves sa jambe et tu la tiens ferme même s'il te cogne dessus.

Le garçon saisit la cheville gauche qu'il lève au-dessus du bac de bois. La mère prend de la neige à pleines mains et se met à frotter très fort le pied engourdi. Au début, Sadko ne sent rien. Seulement une douleur dans le genou quand les mains tournent un peu son pied. Puis, peu à peu, il lui semble que la neige est brûlante. Un fourmillement suit son mollet, irradie partout et finit par atteindre le genou.

— Pose, fait la femme. L'autre pied.

Elle a une voix douce mais qui sait lancer un ordre. Son œil vif va du pied au visage. Voyant que Sadko grimace, elle dit :

— Tu es sauvé. Tu marcheras. Ça n'était pas complètement gelé. Tu as beaucoup de chance.

— C'est qu'il est très fort, remarque Rotchka pleine d'admiration.

— Va jeter la neige. Tout à l'heure, tu en apporteras d'autre. Pour le moment, on va soigner le dos. Couche-toi à plat ventre.

Le gros sort, et quand il ouvre la porte, un souffle glacé vient lécher le dos nu de Sadko qui frissonne.

Le blessé s'exécute. Aidée par sa fille, Maneck prend de l'eau qu'elle a mise à tiédir dans un petit chaudron, sur une pierre du foyer, elle y trempe une poignée de choux sauvages séchés qu'elle pétrit comme une pâte avant de l'appliquer sur les plaies. La tiédeur est bonne. L'odeur forte qui se dégage des feuilles détrempées est agréable à respirer. C'est une odeur de vie. Les deux femmes renouvellent l'opération jusqu'à ce que tout le dos et les reins soient couverts.

— Donne les peaux.

Rotchka déroule des peaux de chat sauvage. Elles les prennent à deux et les étendent pour recouvrir le cataplasme en laissant à l'extérieur le côté velu. Lorsque c'est fait, elles prennent des lanières de cuir.

— Soulève-toi.

Elles les passent sous la poitrine et la jeune fille dit en riant :

— Tu vois, encore attaché. Mais c'est pour te sauver.

— C'est pour que tu puisses boire, et manger et pisser, dit la mère.

— J'ai soif.

— Ce lourdaud aurait dû te donner à boire dès

que tu es arrivé. Le froid est comme le feu, il sèche.

— Je n'aurais pas pu boire.

Le gros se hâte d'apporter une coupe de bois.

— De l'eau pas trop chaude, recommande Maneck.

Elle y trempe le doigt.

— Ça va.

Le blessé qui est parvenu à s'asseoir et qui s'appuie contre Rotchka agenouillée boit lentement.

— Pas trop d'un coup.

Dès qu'il a terminé, son ami lui demande :

— Qu'est-ce que tu vas faire ?

— Je voudrais manger.

Le gros se met à rire.

— Bien sûr. Mais après, qui est-ce que tu vas tuer ?

Sadko soupire profondément avant de répondre :

— Personne.

— Qui aurais-tu envie de tuer ?

— Personne... ou alors, tout le monde.

Il regarde Rotchka et ajoute :

— Tous les hommes. Ceux qui se sont jetés sur moi et ceux qui n'ont rien fait pour les en empêcher.

Le gros dont le visage s'est empourpré baisse la tête et balbutie :

— Tu as raison. Nous sommes des lâches.

— Non, les autres ont appliqué la loi. Vous, vous l'avez respectée. C'est la loi qui est mauvaise.

Il se tait. Maneck vient de l'obliger à allonger la jambe gauche. Elle a tiré d'un sac de cuir un petit vase de terre qu'elle penche sur le pied. Une huile épaisse coule. Elle pose le petit vase et se met à masser doucement le pied.

— Qu'est-ce que c'est ? demande le blessé.

— C'est l'huile qui redonne la vie. Elle vient du nerpas du Baïkal et j'y ai mêlé le miel qui coule de la racine de fougère quand on l'écrase toute fraîche arrachée. Tu verras, la vie reviendra.

Le gros Tamar est allé s'accroupir de l'autre côté du foyer. Il a posé ses coudes sur ses genoux et tient son visage dans ses mains.

— Tamar, lui lance Sadko, c'est pas le moment de pleurer. Écoute-moi.

Le gros relève la tête. Son regard est empreint d'une grande tristesse.

— Je t'écoute... mon frère.

Il a hésité sur le dernier mot.

— Ceux qui se sentent mes frères peuvent me suivre. Nous partirons... nous formerons un autre clan.

— Où irons-nous ?

— Je veux aller où s'endort le soleil. Que ceux qui voudront me suivre ne viennent que s'ils me font confiance. Que s'ils veulent accompagner le soleil à l'endroit où il s'enfonce dans la terre.

— Moi, je te suivrai, dit tout de suite Rotchka.

— Et moi aussi, dit la mère. Et mon père viendra. Mais avant, il faut que tu guérisses. La tempête va nous aider à te tenir caché. La tempête est avec toi. Je le sais, elle est venue du fond du lac où tu étais parti. La tempête vient des dieux. Elle est toujours avec les justes.

En souriant, Rotchka dit :

— La tempête est notre amie... Elle est l'amie de ceux qui s'aiment.

Ils iront vers le couchant. Ils ne savent que très peu de choses de ces pays dont leur ont parlé des voyageurs. Il y a là-bas des hommes blonds aux yeux bleus et d'autres bruns aux yeux noirs. Tous sont des guerriers. Tous se battent souvent. Des batailles terribles. Des invasions. Mais ce n'est pas la guerre qui peut les effrayer. Au contraire. Ils sont habitués aux combats. Leurs chevaux le sont aussi.

Sadko rêve de ces batailles énormes que les inconnus leur ont racontées. Lui qui n'a vécu que des combats opposant quelques dizaines de cavaliers, il essaie d'imaginer ce que peuvent être ces guerres où des armées de milliers de soldats s'affrontent.

Il n'en souffle mot, mais il voit très bien Navra l'emportant au cœur de la mêlée.

5

La tempête est installée pour durer neuf jours et neuf nuits. Elle est sans doute la dernière de la saison, mais elle est bien accrochée. Elle vient d'où les tempêtes sont les plus violentes. Son hurlement régulier ploie la forêt. Il balaie le lac et les steppes pelées où le moindre caillou fait naître une congère. La neige est aussi régulière que le vent.

Voici trois jours qu'ils l'écoutent. Depuis que Sadko est là, quatorze personnes sont venues le voir. Le compte est fait. Ils seront dix-sept adultes à partir, plus onze enfants. Ils auront vingt-quatre chevaux. Tout s'est déroulé dans le plus grand mystère. Les enfants ne savent rien. Personne, parmi ceux qui ne partiront pas, ne peut rien soupçonner. Sadko connaît bien son monde. Il a parlé à chaque homme, à chaque femme et tout le monde a compris que ce départ doit se faire sans donner l'éveil. Tous ont juré silence et tous ont dit :

— La tempête est notre amie.

Ils ont préparé les sacs, les tentes de voyage,

les outils et les armes. Ils emporteront une grosse provision de viandes et de poissons séchés. De la farine. Du miel. Des noisettes. Ils n'ont peur de rien. La taïga, comme la steppe, est leur domaine.

Au soir du quatrième jour, alors qu'il ne reste plus que quelques lueurs, Sadko qui s'est décidé en secret dès l'aube dit à Tamar :

— Va prévenir les autres. L'heure est venue.

— Tu te sens assez fort ?

— Va, puisque je t'ordonne d'aller.

Le gros enfile son manteau de loup, enfonce son bonnet et sort.

Les femmes ont procuré de bons vêtements à Sadko qui s'habille en disant :

— Je vais chercher Navra.

Les deux femmes et le vieux Katchi, le père de Maneck, voudraient l'accompagner. Il sourit :

— Inutile, je n'ai pas à aller loin. Seulement quelques pas.

Il sort. Le froid le saisit mais il respire avec délices ce vent qu'il aime. Ce vent ami qui va leur permettre de fuir sans laisser de traces. Il fait quelques pas et siffle d'une manière très particulière. Un sifflement qu'une oreille autre que celle de son cheval pourrait prendre pour l'appel d'un nocturne égaré. Quelques instants passent, uniquement habités par les rafales qui torturent la forêt. Puis, avançant avec méfiance, arrive Navra.

— Viens, c'est moi.

En deux bonds, le grand tarpan des steppes est devant lui. L'homme prend dans son bras la bonne tête qu'il embrasse.

— On va partir, mon vieux. Tu vas avoir beaucoup de chemin à faire.

Comme s'il comprenait, l'animal laisse aller une sorte de reniflement qui n'est pas un véritable hennissement. C'est sa manière de ronronner pour exprimer sa joie de retrouver le seul homme qu'il aime.

Les autres commencent à arriver et les mères ont du mal à imposer aux enfants très excités un silence absolu. Les garçons en âge de comprendre et qui, très jeunes, savent monter, sont heureux de partir avec Sadko qu'ils admirent pour sa force, son adresse et son courage. Nul ne semble étonné de le voir bien vivant alors que tout le village le croyait mort.

Le rassemblement s'effectue dans le calme. À mi-voix, Sadko et le vieux Katchi, petit homme vif et remuant, donnent des conseils. Ils placent le monde. Katchi a décidé de fermer la marche pour veiller à ce que nul ne s'égare, que rien ne soit perdu. C'est lui qui vérifie l'arrimage des colis sur le dos des chevaux porteurs. Il s'assure qu'on a su choisir les plus vieux pour ce travail. Si une bête lui paraît trop chargée, il le dit. Et on l'écoute. Il fait serrer certaines lanières. Quand il a tout vérifié, Sadko qui l'a accompagné revient prendre la tête. En dépit des douleurs et de sa fatigue, il est heureux de s'enlever d'un élan. Le fait de se mettre en selle a dû rouvrir certaines plaies. Il le sent. Il serre les dents et sa main très sûre donne à sa monture des ordres précis. Au pas, la longue caravane s'ébranle.

À présent, la nuit est là. Tant qu'ils progressent dans la forêt, c'est l'inclinaison du sol qui leur indique la direction, et c'est Navra qui devine le passage. Ils sont sur une piste qu'il connaît pour l'avoir empruntée souvent. Elle monte d'abord puis, lentement, elle descend. À partir de là, on sent un peu moins le vent qu'on entend surtout mener grand tapage sur la droite, dans les hauteurs où les arbres miaulent et craquent. C'est comme si une horde en démence traversait le ciel au triple galop. Un véritable martèlement de milliers de sabots que domine un long hennissement douloureux et rageur habite l'infini du ciel.

Peu à peu, ce bruit se modifie. À mesure que la pente devient plus douce, on croirait que la horde s'éloigne. Son allure est moins pesante. On dirait qu'elle est parvenue à s'élever jusque dans les hauteurs invisibles où courent les nuées.

Bientôt, le sol devient plat. Les arbres plus courts. On ne les voit pas mais on devine leur présence et leur voix n'a plus l'ampleur de celle des grands résineux. Encore un moment et le concert ne tombe plus des hauteurs. Il monte du sol où les buissons se démènent. Le vent est plus vif. Plus cruel. Il coule de la montagne sans que rien ne fasse obstacle à sa course.

La forêt vient de faire place à la steppe sans bornes.

Heureusement, le vent arrive sur la droite des cavaliers. Il souffle même de trois quarts arrière. C'est ce qui leur indique la direction sur cette immensité où court la neige. Tant que la nuit est aussi noire, il n'est pas question de galoper. Pas même de prendre le trot. Car le sol est rugueux. Raboteux. Parcouru de fondrières. Çà et là, de gros ronciers tendent leurs pièges.

Sadko sait que nul ne se lancera à leur poursuite. La tempête ne le permettrait pas. Et qui oserait le faire pour servir un vieux chef incapable de se tenir en selle ? Le seul qui pourrait être tenté par l'aventure est Polovtsi qui succédera à Omakis, mais qui accepterait de l'accompagner ?

Sans hâte, Sadko mène sa troupe dans cette nuit de folie, sur cette plaine dont il ne connaît pas les limites mais dont il espère qu'elle les conduira jusqu'à ce point de l'horizon où le soleil entre dans la terre. Ce lieu où des voyageurs ont appris à des vieillards qu'il touche à la rive d'un lac mille fois plus large que le Baïkal.

Les femmes et les hommes qui chevauchent dans cette nuit d'encre derrière Sadko sont confiants. Comme ceux qui les conduisent, ils sont persuadés qu'au bout de la steppe ils découvriront un lac fabuleux. Les plus vieux se souviennent de voyageurs venus de pays inconnus. Des hommes qui ne leur ressemblaient pas vraiment et parlaient une langue qu'ils ne pouvaient comprendre. Mais ces gens avaient dessiné sur le sol des signes qui voulaient dire qu'au couchant s'ouvrait une étendue d'eau si vaste qu'on ne pouvait en voir les limites. Pourtant, bon nombre de ces femmes et de ces hommes, sentant qu'ils ne reverront peut-être jamais le Baïkal, emportent avec eux le souvenir de ses eaux dont ils ont vécu depuis leur naissance. Est-ce que les autres lacs nourrissent aussi des nerpas ? Car ce phoque d'eau douce a pu, à lui seul, permettre aux pêcheurs de vivre. Il donne l'huile, une viande savoureuse, une peau très robuste et très souple, des ossements doux à travailler et solides. Il y avait aussi tout le poisson facile à pêcher. Les coquillages. Les crustacés. Et les algues de toutes sortes dont on pouvait se nourrir, extraire des jus qui guérissaient de certaines maladies.

Et puis, sur les rivages, attirés par le lac, ces animaux que l'on pouvait piéger ou chasser.

Les vieillards, surtout, emportent ces images et, plus la distance qui les sépare de leur lac s'allonge, plus ils sentent grandir en eux une certaine angoisse.

Mais la tempête elle-même les soutient dans l'effort qu'ils doivent fournir pour oublier le passé.

Elle les empoigne avec une force telle qu'on dirait qu'elle a décidé de les mener d'une traite jusqu'au terme du voyage.

La bourrasque est si puissante que l'air en devient palpable. Des milliers de pattes énormes empoignent les corps et les membres pour les envelopper d'on ne sait quelles résilles glacées. Et les vieilles se demandent si ce n'est pas le vêtement de leur mort que le ciel invisible est en train de tisser. Et les vieux se demandent si un souffle aussi rageur n'est pas le signe que les dieux du lac les chassent vers l'enfer pour les punir d'avoir rêvé d'un paradis plus beau que celui qu'ils leur ont offert.

Cependant, tous continuent d'aller, ployant l'échine. La tête rentrée entre les épaules, le buste incliné sur l'encolure de leur monture.

Et les chevaux dociles suivent Navra qui lit le passage dans la nuit. Navra dont les naseaux palpitent en flairant l'inconnu. Navra évite chaque piège, devine les embûches et marche sans fatigue. Fier d'être en tête et de porter sur son dos celui qui lui a donné son amitié.

Sadko ne pense plus. Sa fatigue l'enveloppe plus étroitement encore que la tempête. Il lutte contre le sommeil, mais sait qu'il devra aller longtemps encore avant d'avoir droit à un moment de vrai repos.

6

Ils ont marché ainsi jusqu'au bout de la tempête qui a bien accompli son bail de neuf jours. Ils ont chaque soir monté les petites tentes dans la tornade. Les enfants pleuraient de froid. Les femmes dégelaient la viande sur de maigres feux d'herbes qui fumaient. Pour ne monter que quelques tentes, ils ont dormi serrés les uns contre les autres. Les hommes de garde avec leurs chiens étaient gelés, immobiles, à scruter l'obscurité épaisse et mouvante. Lorsque la fatigue les empoignait, qu'un demi-sommeil s'emparait d'eux, ils éprouvaient l'impression que le vent était porteur de millions de bêtes rampantes, griffues, voraces, qui enserraient leurs bras dans leurs anneaux pour les dévorer. Et la peur les réveillait.

Et puis, d'un coup : le silence. Épais. Lourd de nuit avant de devenir aérien dans une aube de grande lumière.

Une aube qu'ils contemplent, émerveillés. Tout scintille sous un immense ciel nu dont la voûte va du rose tendre à la nuit en passant par tout un dégradé, sans une ride, sans un pli. Le vent est mort, tué par tant d'éclat. La steppe qui se déroule à perte de vue dans toutes les directions est un ondoiement figé. Un mouvement immobile. Et c'est ce qui frappe, ce qui tend à donner le vertige. Le sol court vers l'infini et, pourtant, rien ne bouge. C'est que chaque touffe d'herbe a été couchée et recouverte de neige. Chaque creux, chaque bosse, tout ce qui pouvait accrocher vraiment le regard se trouve atténué.

Ce n'est plus le vent qui va les guider dans la tourmente aveuglante, c'est le soleil qu'ils vont suivre dans sa course. Et c'est aussi ce que la tempête a sculpté et gravé sur le sol.

Sadko a repris ses belles forces d'avant son supplice. C'est à peine s'il éprouve encore quelques douleurs aux pieds et dans le dos. Dans cette grande lumière, il a envie de partir au triple galop. Seulement, il y a les femmes et les enfants et toutes les bêtes chargées du matériel.

— Qu'on se hâte de préparer le repas ! La journée sera belle. Nous irons bon train.

Ayant lancé cet ordre, il s'avance lui-même près de sa tente dont il se met à défaire les attaches de cuir souple. À peine a-t-il commencé qu'un homme arrive en courant et crie :

— Des cavaliers en vue !

Sadko se redresse. Très loin sur la piste qu'ils ont suivie, des chevaux soulèvent un nuage de lumière. L'homme qui les a vus arriver regarde Sadko qui lit une grande peur dans ses yeux.

D'une voix blanche, il dit :

— Sans doute Polovtsi.

— C'est possible, dit Sadko très calme. Mais ils n'ont pas l'air très nombreux.

— Il faut partir.

— On ne peut pas abandonner les tentes. Et nous irions moins vite qu'eux. Il faut se préparer.

Il se tourne vers le campement et crie :

— Tamar ! Fais seller et sortir les armes.

Il n'éprouve pas la moindre peur. Au contraire, il souhaite que ce soit Polovtsi et les siens qui viennent. Il les voit tous. Tous ceux qui le détestent. Il pourrait égrener leurs noms. Rapidement, il les passe en revue et murmure :

— Ils ne peuvent pas être plus de dix ou douze.

Puis, un peu plus haut, mais toujours pour lui seul, il ajoute :

— Mais je n'ai pas envie d'avoir des blessés et des morts ni de perdre des chevaux.

Navra est déjà sellé, prêt pour le départ. D'une voix très forte, Sadko lance :

— Ne me suivez pas ! Et s'il m'arrive malheur, que Tamar décide et prenne la tête. Pensez aux femmes et aux enfants.

Il adresse à Rotchka un sourire et un petit geste qui veut dire : à bientôt, puis, bondissant sur son cheval, il le met tout de suite au galop et pique droit à la rencontre des arrivants.

À mesure qu'il approche, sa conviction s'affirme qu'il s'agit bien de ceux qui ont juré sa perte. Mais, plus il en est certain, plus la force qui est en lui grandit.

À vingt pas des arrivants, il arrête son cheval.

Les autres s'immobilisent aussi. Derrière eux, la poussière retombe lentement comme une neige de soleil. C'est Sadko qui lance :

— Est-ce moi que tu cherches ?

— Oui, c'est toi. Pour te ramener mort ou vif. Une sentence a été prononcée, elle doit être exécutée !

— Si tu n'es pas un lâche, Polovtsi, tu dois te charger de l'exécuter toi-même. Accepte le duel. Tu vois, je suis venu seul. Je n'ai que mon couteau de chasse. Toi, tu as ta lance, ton fouet et ton couteau.

Sadko lit la peur sur le visage de cet homme à peine plus vieux que lui et à peu près de la même taille. Il se sent soudain porté par une force énorme. Plus son ennemi tremble, plus lui-même se rassure.

— Si tu as si peur que ça, je vais te donner une chance de plus. Regarde, je me défais de ma seule arme. Mais tu dois dire à tes hommes de ne pas bouger, quelle que soit l'issue du combat.

L'autre est terrorisé mais, s'il renonce, il ne sera jamais un chef. Voyant le couteau tomber dans la neige, il se dresse sur ses étriers et crie à ses compagnons :

— Ne bougez pas !

Aussitôt, voulant prendre son adversaire par surprise, il pique des deux et éperonne son étalon en pointant sa lance. C'est ce qu'espérait Sadko qui fait bondir Navra sur la gauche pour le faire revenir tout de suite à droite. Il sait que seul son cheval est capable de déplacements latéraux d'une telle rapidité. Au moment où l'ennemi passe au plus près, la lance est encore en train de virer pour revenir sur lui. Il empoigne le manche, vide les étriers et, d'une détente, s'enlève pour virer et se trouver en croupe derrière Polovtsi. Il perçoit même les exclamations d'admiration que sa manœuvre arrache aux autres. Tandis que sa main gauche empoigne la gorge, la droite tire de son fourreau le couteau de Polovtsi qui hurle à se briser la voix :

— Non ! Non !

Il ne le dira pas trois fois. La lame courbe fouille son ventre. L'homme se casse en avant. Sadko le lâche et le pousse. Le corps boule sur la neige avant de s'étendre sur le dos, les bras en croix. Sous lui, la couche blanche rougit.

Navra qui a suivi son maître vient se coller contre le flanc de l'autre étalon. Sadko passe aisément de l'un à l'autre mais sans lâcher la bride de ce splendide tarpan qui se nomme Inko. Faisant demi-tour, il revient vers les hommes de son ennemi mort et leur crie :

— Vous traînerez cette carcasse sur la neige et vous raconterez à votre chef comment il est mort.

Des voix s'élèvent :

— On va avec toi, Sadko !

D'autres crient :

— Viens avec nous, tu seras notre chef.

— Je n'aime pas les traîtres. Vous êtes prêts à trahir celui qui vous envoie, vous me trahiriez aussi.

Alors qu'il parle, il entend derrière lui le galop des chevaux que montent ses amis. Il crie encore aux autres :

— Je ne garde qu'Inko. C'est une bonne bête et que j'ai bien méritée.

Faisant virer Navra, il le pousse vers son camp. Il lâche Inko et, sans ralentir, se couchant sur le côté, il ramasse son couteau de chasse planté dans la neige. Lorsqu'il regarde derrière lui, ses adversaires sont toujours piqués sur place, immobiles, comme pétrifiés. Ses propres cavaliers l'entourent et Tamar qui vient d'empoigner la bride d'Inko dit d'une voix que tous peuvent entendre :

— Sadko, nous t'avons vu combattre. Nul autre que toi n'aurait su faire ce que tu viens de réussir. À présent, nous ne dirons plus Sadko en parlant de toi, nous dirons notre chef.

Et ses camarades poussent de grands hourras avant de se lancer au galop dans la lumière qui monte de la neige autant qu'elle coule du ciel.

7

Tranquilles du côté de ceux qui pouvaient les poursuivre, ils se sont accordé une journée de repos au cœur de cette plaine dont les limites, dans le miroitement de la lumière, demeurent invisibles. C'est tout juste s'ils devinent encore, derrière eux, la masse bleutée des montagnes d'où ils viennent. Ils savent que leur lac se trouve derrière ce repli de la plaine mais, déjà, tous ont accepté de ne plus le revoir.

Parce qu'ils savent qu'en voyage le temps est précieux, ils ont profité de cette halte pour marier leur chef avec celle qu'il aime. Une cérémonie simple, avec un repas comme tous leurs repas, mais terminé par des chants. Des chants qui se perdent dans l'immensité où rien ne peut renvoyer le moindre écho.

Ils ont plié leurs tentes très tôt. La nuit mourait lentement sur cette steppe où elle semblait vouloir se réfugier au ras du sol, s'accrochant à la moindre touffe d'herbe plus haute que les autres. Les ombres bleues et violettes s'étiraient. À présent, elles sont plus courtes, comme ramassées, pareilles à des animaux tapis dans l'attente d'une proie.

Les femmes ont en hâte préparé la bouillie de farine où elles ont tranché du poisson fumé. Les enfants mal réveillés pleurent et il faut les préparer en les aidant à se tenir debout. Sadko passe parmi son monde et secoue parfois un petit garçon en lui disant :

— Alors, c'est comme ça qu'un homme se tient ? Tu n'as pas honte ?

Et parce que c'est le chef qui parle, l'enfant achève de se réveiller et se dépêche de serrer seul les lanières de ses bottes.

Comme ils sont quatre garçons qui se chamaillent en grognant, le jeune chef leur promet :

— Le premier qui sera prêt, je le prends sur Navra !

Les enfants cessent aussitôt de se disputer et se hâtent de se vêtir et de se chausser. Le premier prêt se nomme Balaki. Il doit avoir cinq ou six ans. Dès qu'il est sur Navra, devant Sadko qui le tient serré contre son ventre, il dit :

— Moi aussi, je suis chef.

— Tu seras chef si tu es courageux.

Ils partent. Et ça devient une habitude. Chaque matin, Sadko prend avec lui un garçon. C'est une récompense et, de cette manière, tous les garçons obéissent et cessent de se chamailler.

Ils vont droit vers le couchant. Ils ont plusieurs cours d'eau à passer, mais les glaces sont encore solides. Quand il y a un doute, on envoie les chiens devant. S'il reste une inquiétude, Sadko laisse l'enfant dont il a la charge et avance seul sur son cheval, au pas, en scrutant bien la glace. À trois reprises, parce qu'il y a des craquements, Navra s'arrête de lui-même. Lentement, son maître le fait reculer puis faire demi-tour. Ils montent le camp sur la rive.

— Nous traverserons demain, à l'aube.

Puis, alors qu'une chaîne de montagnes les oblige à obliquer vers le nord, d'un coup, c'est le dégel. Le ciel se couvre avec le crépuscule. Du sang et de l'or déchirent des nuées noires. Le temps de monter très vite les tentes et l'averse crève. Une pluie tiède qui vient droit du couchant, portée par un vent aux senteurs étranges. Avant même que la nuit ne soit là, le vent tourne. Il semble ruisseler de la montagne et porte des odeurs de fumée et de viande grillée. Aussitôt Sadko prend avec lui quatre hommes armés et remonte au vent. Bientôt, alors qu'ils viennent de déborder une avancée de falaise, leur apparaissent des lueurs de feu. L'odeur plus présente est agréable à respirer. Depuis leur départ, ils n'ont mangé que des graisses, des fruits secs et des poissons fumés. Là, on cuit de la viande fraîche. Ils ont emporté avec eux quelques pièces sculptées en jade du Baïkal. Tous en ont une ou deux sur eux. Ils se concertent. Ils n'ont pris qu'un seul chien, celui d'Opritchi qui propose :

— Je peux avancer avec lui. S'ils ont des chiens, il les sentira.

— Non, réplique Sadko, les autres aussi le sentiront. Tu vas tenir ton chien ici. Avec la pluie, en allant contre le vent, on a une chance d'approcher tout près. Je vais aller avec Katchi. Il est vieux. Il est sage. Ils n'auront pas peur de lui. Il pourra leur parler.

Le vieux approuve et ils avancent tous les deux sous ce déluge. L'odeur sourd d'une hutte en branchages dont la porte est le seul point d'où vient de la lumière. Pas de chien. Un enfant pleure. Une voix de femme parle doucement. Le vieux Katchi avance le premier vers la porte. Il a donné sa lance à Sadko qui reste en retrait de deux pas. Quand le vieillard se baisse pour passer le seuil, la femme pousse un hurlement. Aussitôt, un homme couché près du foyer se soulève sur un coude et empoigne une pique. Katchi lève ses deux mains largement ouvertes devant lui en signe de paix. Il montre qu'il ne tient aucune arme. Il dit lentement :

— Je ne vous veux pas de mal.

L'homme couché qui semble très âgé répond en une langue inconnue. Sadko qui a posé les piques dehors entre à son tour. Lui aussi parle doucement. La vieille femme qui tient un bébé semble terrorisée, mais on dirait qu'elle a compris ce qu'a dit Katchi. Avec beaucoup de difficultés, elle parvient à dire :

— Toi, Baïkal.

— Oui, s'empresse Sadko. Baïkal. Regarde.

Il tire de son vêtement trempé un petit poisson sculpté dans du jade d'un beau vert sombre.

— Pour toi... pour toi.

Le regard sombre de la vieille s'éclaire. Elle dit :

— Mon père, Baïkal.

L'homme couché lui pose une question. Elle répond très vite dans sa langue que ni Sadko ni Katchi ne connaissent puis, se tournant de nouveau vers eux, elle explique en montrant l'homme allongé :

— Lui blessé.

Elle montre son propre ventre. Elle montre aussi l'enfant qui a cessé de pleurer et regarde les nouveaux venus avec effroi.

— Bébé caché. Les autres tués. Moi cachée. Tout pris... Presque tout... Eux tout emporté.

Elle sourit en montrant la viande sur les braises. Ce doit être un gigot de chevreuil.

— Pas ça, dit-elle. Ça caché aussi.

Katchi se tourne vers Sadko.

— Ces gens ont dû être attaqués.

— Oui, j'ai peur qu'ils soient les seuls vivants de ce village.

Sadko sort et appelle ses hommes. Il leur explique rapidement ce qui se passe et ajoute :

— Faites flairer le chien.

Tamar entre. Il repère tout de suite un paquet de saule serré par un lien et qui a déjà servi de torche. Il le présente au brasier, l'enflamme et sort en le tenant devant lui. Sadko parvient à demander à la vieille si elle peut lui dire où il y a de la viande et si elle veut en échanger contre d'autres nourritures.

— Oui, dit-elle.

Et elle montre l'enfant. Puis elle fait comprendre qu'ils avaient un troupeau de chèvres que le combat a effrayées et qui sont parties dans la montagne. Le père et la mère de l'enfant ont été tués. Un long moment s'écoule avant que le gros Tamar ne revienne. Sa torche est à bout. Il dit :

— C'est un carnage. Des morts partout. Il faut attendre le jour.

Sadko décide de laisser là Tamar et Katchi. Il sait que ceux qui ont attaqué ne reviendront pas puisqu'ils ont pillé. Et ils doivent être loin. Ce sont certainement des nomades des steppes. Sadko les connaît. Ce ne sont pas des courageux. Ils ne s'attaquent jamais aux groupes capables de se défendre avec avantage. Ils recherchent les isolés. Les gens qui cultivent la terre ou élèvent des troupeaux.

Sadko sort dans la nuit d'eau et de grand vent. La montagne toute proche gronde comme grondaient les hauteurs du lac Baïkal, mais elle n'a pas la même voix. Sans les voir, il sait que les arbres qui la recouvrent ne sont certainement pas les mêmes.

— Demain, dit-il à ses compagnons, nous viendrons pour les morts. On ne peut pas les laisser face au ciel. Les dieux ne nous le pardonneraient pas.

8

Le lendemain, dès l'aube, la vieille qu'ils avaient découverte arrive chargée de pièces de viande qu'elle a grillées pour eux. Tamar, qui l'accompagne, porte une grande jarre pleine de lait. Les chèvres sont revenues dans la nuit. La vieille s'appelle Gréogs et l'homme blessé Gorda.

Dès qu'ils ont fini de manger, tandis qu'une partie des femmes et deux hommes lèvent le camp, les autres se rendent près des huttes. Le ciel est toujours couvert, mais la pluie a cessé. Un vent tiède souffle. Il n'y a presque plus de neige sur la plaine, mais il en reste au flanc de la montagne. Dans les creux, des glaces pourrissent, striées de filasses jaunâtres et marquées d'une boue gluante qui colle aux bottes.

Ce qu'ils découvrent ne les étonne guère. Car si les vastes steppes sont parcourues par de nombreuses caravanes de marchands et par des bergers déplaçant leurs troupeaux, elles le sont aussi par des bandes de pillards qui n'hésitent pas à massacrer tout un village pour un morceau de viande et quelques pauvres bijoux. Hier, ces pillards sont venus là comme ils auraient pu s'attaquer à n'importe qui. Ou, plus exactement, à n'importe quel groupe qui ne soit pas en mesure de se défendre vraiment. Sadko s'est déjà battu contre des pillards. Il a participé à des poursuites après des attaques. Là, il regrette de n'être pas arrivé au bon moment. Et ses hommes le regrettent aussi.

Les corps que la pluie a lavés sont éparpillés entre les huttes. Les voleurs ont tenté d'incendier deux de ces demeures, mais il pleuvait trop. Les branchages et les herbes qui les recouvrent ont refusé de brûler. La vieille rescapée se trouvait dans la montagne avec ses chèvres. L'enfant était dans de la paille, enfoncé. Il dormait. S'il avait poussé le moindre cri, c'était la fin. L'homme blessé a été laissé pour mort. La vieille a découvert l'enfant qui s'était mis à pleurer. Elle a soigné le vieux avec des plantes.

En tout, il y a là trente-deux cadavres. Douze sont des enfants.

Les gens du Baïkal commencent par monter dans la forêt où ils coupent des arbres. Ils les débitent et les traînent sur la steppe pour en faire un énorme tas. Sur ce tas, ils rassemblent tous les corps. La vieille Gréogs les regarde. Elle est sans voix. Sans forces. Il y a là ses enfants, ses petits-enfants et ses amis. Tous ses amis. Elle ne pleure pas. Son visage cuivré et tout strié de rides noires est dur. Comme Rotchka s'approche d'elle et pose sa main sur son épaule, la vieille parvient à lui faire comprendre que si elle était jeune, si elle était un homme, elle voudrait tous les assassiner.

La jeune femme montre la vaste plaine et dit :

— Où ? Où ? Eux partis loin.

La vieille fait non de la tête. Avec le bout du bâton sur lequel elle s'appuie, elle dessine une forme dans la boue. Elle montre la montagne.

Rotchka a compris, cette forme c'est la montagne. La vieille pique son bâton dont la pointe retirée laisse un trou que l'eau emplit très vite. Elle montre les huttes et se frappe la poitrine.

— Nous... nous...

— Oui, j'ai compris. On est là.

À l'autre extrémité de son dessin, elle a marqué une sorte de renfoncement.

— Pillards, là !

Rotchka va appeler Sadko.

— Viens voir.

Sadko comprend tout de suite. Il réfléchit.

— C'est loin, dit-il. Si je vais avec des hommes et que d'autres pillards viennent ici en notre absence, ils vous massacreront.

— Mais on va partir, dit Rotchka. Après, s'ils reviennent, ils la tueront. Ils tueront ce vieux et cet enfant.

— Non, fait Sadko avec beaucoup de conviction. Ils vont venir avec nous.

La vieille a écouté en plissant davantage son front bas. Elle n'a pas compris et Sadko explique plus lentement. Avec des gestes et une mimique très expressive.

La vieille montre son ventre et désigne la hutte où est le blessé. Sadko explique qu'ils fabriqueront ce qu'il faut pour qu'il puisse venir. Il demande à la vieille si l'homme est son mari. Elle fait non de la tête et dit :

— Ami. Ami.

Et elle fait comprendre que le bébé non plus n'est pas à elle. À voix basse, Rotchka dit :

— Ça, on le savait.

À présent, le bûcher est prêt. Ils font cercle tout autour. Un homme a apporté de la paille prise dans une hutte, il la fourre sous les branchages où il la pousse avec une fourche de bois. Un autre bat la pierre à feu. Ils ont du mal à faire prendre cette paille humide. Ils soufflent longtemps. Ils sont agenouillés dans la boue. Un cadavre de femme est juste au-dessus d'eux. Enfin, une petite flamme monte qui grandit assez vite. Les brindilles de résineux se mettent à pétiller. Des étincelles giclent et d'autres branches s'enflamment à leur tour. Les hommes se relèvent et viennent prendre place dans le cercle.

Les flammes plus hautes se mettent à lécher les corps. Les vêtements brûlent et les chairs grésillent. Une épaisse fumée noire monte droit puis, à une certaine hauteur, elle se couche vers le sud. Le ciel demeure presque aussi noir que ce nuage où volent des étincelles. Les ronflements du foyer augmentent et la chaleur oblige les gens à reculer.

La vieille rescapée recule aussi. Elle se plante de nouveau face à ce foyer qui semble la fasciner. Elle se tient droite. Raide. Comme insensible puis, d'un coup, sa nuque se casse et son front tombe dans ses mains tandis qu'un sanglot déchirant soulève son dos étroit. En écho à ce cri étranglé, arrive du campement où sont restés deux gardes un long appel d'alerte. Tous se tournent dans cette direction. À moins de trois cents pas, au ras des premiers contreforts, une dizaine de cavaliers avancent au petit trot. Celui qui vient en tête porte, au bout de sa lance, une boule noire. La vieille Gréogs est soudain pétrifiée. Elle ne peut que tendre dans cette direction une main qui tremble et crier :

— Eux... Eux... Tuer...

Sadko s'élance. Heureusement, les chevaux sont harnachés.

— Aux armes !

Il porte déjà son couteau. Il saisit sa lance au passage et, en voltige, il bondit sur Navra qui démarre comme le vent. Les autres cavaliers le suivent, mais Navra les distance très vite.

Rotchka serre le bras de Gréogs et dit :

— Seul... Ils vont le tuer. Ils vont le tuer.

Mais la vieille ne comprend pas. Une lueur terrible vient d'assécher d'un coup les larmes dans ses yeux noirs.

9

Très vite, Sadko se trouve assez proche des cavaliers pour les compter. Ils sont neuf. La boule que l'un d'eux porte au bout d'une pique est une tête d'homme.

Sadko se retourne, ses camarades sont derrière lui mais assez loin. Attaquer seul ces neuf pillards serait une folie. S'il attend ses compagnons, les autres s'enfuiront. Sans hésiter, il décide de piquer sur la droite, comme s'il voulait aller se cacher dans la montagne. Il tourne et voit tout de suite que les siens ont compris ce qu'il veut, ils obliquent vers la gauche. Les ennemis se séparent. Trois se lancent à sa poursuite tandis que les autres foncent vers ses hommes. Couché sur l'encolure, Sadko parle à son cheval qui, sans cesser de galoper, ralentit l'allure. Déjà, le bruit des autres chevaux se rapproche. Navra va bientôt atteindre les premiers buissons. Il ne reste plus que quelques foulées entre poursuivi et poursuivants. Alors Sadko demande à Navra ce que très peu de chevaux sont en mesure d'exécuter : un arrêt brutal et une sorte de demi-tour très acrobatique dont il sait qu'il va méduser ceux qui lui donnent la chasse.

La figure est à peine exécutée que le premier des trois vient, de lui-même, se planter sur la pique dont Sadko a abaissé le fer à hauteur de sa gorge. L'homme pousse un hurlement et part en arrière. Son pied gauche reste pris dans l'étrier et son cheval le traîne vers la forêt.

Les deux autres, terrifiés, ont cabré leurs montures et font demi-tour pour s'enfuir. Sadko n'en espérait pas tant. Navra qui a compris devance l'ordre et part au galop. En moins de vingt foulées, il parvient à hauteur du plus proche que la lance touche au milieu du dos. Le temps que Sadko retire son fer laisse au plus éloigné une certaine avance. Son cheval est lui aussi un très beau tarpan rapide et sûr, mais Navra ne saurait admettre qu'on lui résiste. Inutile de rien faire, il fonce. La boue qui vole sous les sabots du fuyard ne l'effraie pas. Il se déporte seulement un peu sur la gauche pour l'éviter. Se sentant rattrapé, le pillard crochète à droite, arrête son cheval et lâche sa lance pour lever les bras en l'air. Il hurle :

— Ami ! Ami !

Ce doit être le seul mot qu'il connaît de la langue du Baïkal. Il a reconnu le harnachement de Navra et sait d'où il vient. Son regard est habité de folie. La lance de Sadko le touche en pleine poitrine alors qu'il pousse un hurlement terrible. Sadko crie :

— Ami ? Et ceux que tu as tués, c'étaient aussi des amis ?

Il retire son arme et l'homme, les yeux toujours fixes, raide comme s'il venait d'être saisi par un gel brutal, bascule sur le côté.

Sadko ne perd pas un instant. Il galope vers les autres. Ses camarades étaient quatre, les pillards dix. Mais il sait que si les pillards sont d'une grande férocité, ils n'ont pas de courage réel. Il sait aussi que ses hommes ont une grande expérience du combat.

Lorsqu'il arrive, Tamar et Mithkov sont partis à la poursuite de trois cavaliers. Opritchi, blessé au bras gauche, perd beaucoup de sang. Les ennemis qui n'ont pas fui sont morts.

— Rentrez pour qu'on soigne Opritchi.

Et il part à la poursuite. Il n'aura pas à aller loin. Ses deux amis ont déjà tué les fuyards.

— À présent, lance-t-il, les chevaux !

Il ne leur faut pas longtemps pour récupérer les bêtes et les armes. Tamar qui a mis pied à terre fouille un des morts et montre des monnaies d'or.

— Laisse ça ! C'est de l'or volé.

— Mais il sera perdu. Ou bien d'autres bandits le prendront.

Sadko élève la voix :

— Je t'ordonne de laisser ça. Que tu prennes les armes d'un ennemi tué au combat, que tu prennes sa monture, c'est normal. Mais le butin que cet ennemi a volé n'est pas à toi. La loi t'interdit de le prendre.

Le gros essaie encore d'expliquer que cet or appartient peut-être aux vieux qui étaient dans le village pillé, Sadko reste inébranlable et Tamar se remet en selle.

Lorsqu'ils regagnent le camp, tout est prêt pour le départ. Les femmes ont tressé une sorte de long panier qu'on peut suspendre au flanc d'un cheval après y avoir couché le blessé. À présent, ils ont neuf chevaux de plus, ce qui va permettre de décharger les autres. Ils ont aussi vingt-trois chèvres. Ils vont reprendre leur marche, toujours vers le couchant.

Ce soir, lorsqu'ils monteront le camp, les nuées seront toujours tellement lourdes que la nuit tombera d'un coup sur la steppe, comme une ample chape de plomb.

10

La steppe immense est plus plate que l'immense océan. Sa surface sans le moindre monticule, sans une saillie, sans un ressaut marqué par une ombre, sans rien qui accroche la lumière, s'en va jusqu'à la courbure du globe terrestre. Dans l'hiver, c'est le pays où les vents s'acharnent à pousser les neiges toujours plus loin, à les étirer d'ouest en est ou du nord au sud. Les mares, les étangs, les lacs et les rivières durs comme pierre ne se distinguent même plus de cette terre nue. Tout semble désespérément semblable. Une uniformité sans limites. Sans une vague.

Puis, d'un coup, éclate le printemps. Les étangs redeviennent eau avec leurs rives boueuses où les joncs se relèvent. Les rivières et les fleuves en débâcle poussent leurs glaces aux tranches de jade entre des berges noires et violettes. Et ces glaces que le retrait des eaux abandonne sur les terres paraissent plus éclatantes encore. Tout suinte. Tout ruisselle.

Sous les herbes pourries qui ont été durant des

mois piétinées par les gels et les neiges, pointent des tiges d'un vert cru. Mille et mille fleurs s'ouvrent. Éclatement soudain de clartés multicolores venues du fond des ténèbres. Tout ce qui était mort se réveille. Les vents meilleurs, moins brutaux, font pétiller un grand feu.

Dans les soirs, lorsque le soleil décline, les eaux et les herbes mouillées sont pareilles à des astres illuminant les terres.

Les aubes naissent dans un amoncellement de nuées roses, jaunes et mauves pétries par les derniers souffles des nuits qui meurent à regret vers des contrées où le soleil va les poursuivre, entraînant dans sa course des bêtes et des hommes par milliers.

Car nul n'aura envie de passer l'été sur ces déserts sans ombre. Sur la vastitude dénudée des steppes, l'été va tomber comme est tombé l'hiver. Il écrasera les herbes naissantes, il grillera celles qui auront déjà atteint la hauteur d'une botte de cavalier. Un soleil de feu plus brutal que le vent des glaces asséchera les mares et durcira les vases et les boues. Le fond des creux vidés en quelques lunes deviendra une croûte jaunâtre, parfois grise, où nulle vie ne subsistera. Les seules larves qui voudront survivre s'enfonceront comme elles se sont enfoncées pour fuir la froidure pétrifiante. Même les oiseaux disparaîtront. Seuls vivront encore les grands voiliers dont le vol, dans les hauteurs vertigineuses, semble ignorer la terre. Ceux-là vont comme s'ils appartenaient autant à la vie du ciel qu'à la mort qui étreint la plaine.

Ainsi le royaume des herbes et des sols nus,

l'empire de la caillasse et des vases desséchées semble-t-il fermé à toute vie. Pourtant, des hommes le traversent. Pareils à des marins poussés par la soif d'aller vers des rivages incertains, les cavaliers et leurs troupeaux, tous fascinés par la marche du soleil, s'aventurent dans ces solitudes pour tenter d'en atteindre les limites. Pour voir en quelles profondeurs, en quels abîmes de clarté, le soleil plonge chaque soir. Et nul d'entre eux ne redoute ces gouffres inconnus. Au contraire, de ce mystère tous espèrent une force neuve, une vie meilleure puisque, chaque matin, de ces effondrements où doivent vivre certains dieux au pouvoir merveilleux, revient un soleil neuf, rajeuni, étincelant.

Les cavaliers du lac Baïkal vont voir des caravanes dix fois plus importantes que leur petite troupe. Et la vieille qu'ils ont prise avec eux leur fera comprendre que tous ces gens se dirigent vers des contrées meilleures, plus riches, d'une vie plus facile ; vers des pays dont des voyageurs leur ont révélé l'existence.

À certains d'entre eux qui parlent une langue proche de la leur, ils offriront quelques pièces de jade sculptées. Un marchand qui leur parle des merveilles du Sud leur explique aussi que, plus au nord, sur les rivages d'une eau salée bien plus vaste que le Baïkal qu'il a déjà vu, on peut trouver des trésors. Il montre ce qui a l'air d'une pierre. C'est de l'ambre. Partout au monde des gens cherchent cette matière pour la polir, lui donner forme et en sculpter des bijoux.

Alors, fasciné par les récits de cet inconnu, le cavalier du Baïkal se fait expliquer la route à suivre. Il ne faut plus aller tout à fait dans la direction où le soleil se couche, mais obliquer vers les régions plus sombres où il ne va jamais. L'homme indique le chemin que peuvent montrer les étoiles. Il dit aussi que les vols de migrateurs se dirigent vers cette mer aux richesses inépuisables. Il livre son savoir en échange de deux chevaux car deux des siens sont morts durant l'hiver. Sadko lui donne un étalon et une jument pris aux pillards. Des bêtes vigoureuses dont on peut boire le sang à raison d'une mesure toutes les heures. Il lui donne aussi une yourte de feutre plus légère et plus chaude que les tentes de peau. Dix personnes peuvent y dormir à l'aise. Le marchand paie la yourte avec trois yacks du Tibet qui s'ajoutent au troupeau de chèvres de Gréogs.

Et le voyage reprend. Le marchand et les siens s'en vont vers le pays où le soleil passe au mitan du jour, les gens du Baïkal lui tournent le dos, obliquant entre le couchant et les régions d'où vient l'hiver. Voyant la direction que l'on prend, les plus vieux qui n'ont pas assisté aux palabres avec les gens du Sud profitent d'une halte pour s'étonner :

— Où nous conduis-tu ? Vers le froid qui ne finit jamais ?

Sadko explique où il veut aller et montre la petite pierre d'ambre que l'homme lui a donnée.

Les vieux l'examinent, la soupèsent, essaient d'y mordre, la grattent de l'ongle. Katchi déclare :

— Ça ne vaut rien, tu t'es fait voler. Et l'homme te fait aller vers la nuit pour que tu ne le suives pas au pays du jour. Il faut retourner et essayer de le rejoindre.

Il y a une longue dispute un peu aigre, mais les vieux redoutent de continuer seuls et finissent par s'incliner parce que tous les jeunes sont avec Sadko. Une fois de plus, la marche reprend. Au loin, scintille un long ruban. C'est un cours d'eau très large qu'il faudra traverser.

Quand ils atteignent la rive, le jour se meurt. Les reflets du couchant ensanglantent les eaux où se nouent et se dénouent d'énormes remous. Tandis que les femmes montent les tentes pour la nuit et allument des feux d'herbes mal séchées dont la fumée se couche sur la steppe, les hommes s'approchent des eaux boueuses qui charrient encore des glaces. Les vieux hochent la tête.

— Ce serait folie, que de vouloir traverser.

— Nous en avons traversé d'autres.

— Moins larges et moins violents.

— Nos outres nous porteront.

— Nos chevaux nous tireront.

Tamar qui est descendu tout près de l'eau se baisse et coupe un jonc qu'il lance dans le courant. Il le désigne de la main qui s'en va en tournoyant, sombre sur le flot lumineux.

— Nous construirons des radeaux avec ces herbes. Elles porteront les femmes, les enfants et nos biens, dit-il.

Tous les jeunes approuvent et l'un d'eux ajoute :

— Et si des hommes se sentent trop faibles, nous construirons aussi pour eux. Et nos chevaux tireront tout ce qu'il faudra.

Les anciens se regardent l'un l'autre. Les derniers feux du couchant font naître des éclats rouges à l'ombre des sourcils froncés. C'est Katchi qui prend la parole et il est évident qu'il parle pour tous les autres.

— Nous passerons, dit-il d'une voix ferme. Et si cette eau vivante porte la mort de l'un d'entre nous, c'est que les dieux auront jugé que celui-là n'a pas droit à l'autre rive. C'est que son voyage doit s'arrêter ici.

Il marque un temps. Les regarde tous en s'accordant bien le temps de scruter les visages puis, d'une voix qui semble avoir retrouvé beaucoup de jeunesse, il ajoute :

— Si l'un de nous veut passer comme les femmes, nul n'aura le droit de se moquer de lui.

Tous se retournent et gravissent la berge. Sur la nuit qui noie l'immensité, les foyers rougeoient comme de minuscules reflets du couchant.

11

Ce soir-là, autour des foyers, ils ne parlent pas comme les autres soirs. Le soleil n'est pas le même. Le globe de feu a disparu, pourtant on dirait que la nuit ne se décide pas à venir vraiment. Mais elle tombe presque brutalement. Les vieux continuent de prétendre qu'il ne faut pas traverser ce fleuve sans nom. Sur l'autre rive, c'est l'enfer. Ils n'ont jamais quitté leur village de pêcheurs et de chasseurs forestiers que pour naviguer sur le Baïkal ou s'enfoncer dans la montagne. Deux jours, trois jours, pas plus. Ils disent :

— Cette terre sans arbres est pour les hommes qui marchent sans trêve. Pour ceux qui n'ont rien, qui n'ont jamais rien possédé et cherchent leur nourriture dans la steppe où la vie est cachée sous terre.

Sur cette plaine nue, ils ne devinent rien qui puisse les nourrir. À leurs yeux, c'est le royaume de la faim.

Ce soir, ils mangent des poissons que quelques hommes ont pris très facilement. Des poissons différents de ceux du Baïkal mais aussi savoureux. Cependant, comme pour donner raison aux vieux, des bandes de chiens de prairie et de sousliks, tenus à distance par les lueurs des feux et la présence des chiens domestiques, ne cessent de hurler. On ne les voit pas, mais la nuit est habitée de leurs cris. Ils doivent être des centaines à tourner autour du campement. Et les anciens disent gravement :

— Ce sont les âmes des voyageurs qui sont morts de faim dans ces contrées sans arbres.

Habitués aux forêts de leur lac, ils ne parviennent pas à se sentir à l'aise dans ce pays dénudé.

Le lendemain, tous se mettent à couper des joncs qu'ils étendent au soleil. Le jour suivant, ils en font des bottes qu'ils lient avec des lanières de peau. Là encore, il y a quelques disputes. Manquant de lanières, les jeunes se mettent à en découper sur le bord des tentes et les vieux crient qu'on n'a jamais vu des êtres sensés détruire leur demeure pour se lancer à l'aventure. Mais parce que Sadko est le chef, c'est le clan des jeunes qui triomphe.

Le soir du troisième jour, tout est prêt. Les femmes ont même fumé une grande provision de poissons. Le crépuscule approchait lorsque plusieurs chiens se sont mis à gronder. Les hommes sentent tout de suite qu'un animal qui ne peut être qu'un gibier approche. Ils sellent rapidement les chevaux et lâchent les chiens. Armés seulement des arcs et des couteaux, ils partent au galop. Et c'est une chasse effrénée. Les chiens rendus fous par l'odeur filent comme le vent. En très peu de temps, les chasseurs peuvent abattre une dizaine d'antilopes saïga. Le retour au camp est triomphal. Les vieux hochent la tête en prétendant que c'est là un troupeau égaré comme ils le sont eux-mêmes.

Il faudra donc retarder d'une journée la traversée du fleuve. Car, dans ces bêtes, tout est bon. La viande à manger et à fumer, les os pour les chiens et pour en faire des outils, les peaux très souples à nettoyer pour y tailler des vêtements et même les cornes torsadées dont on sait qu'en certains pays elles se vendent un bon prix. Ce sont précisément ces pays fabuleux que l'on rêve d'atteindre. Tout le monde est à l'œuvre, même les enfants qui arrachent des herbes pour alimenter les foyers, même les plus âgés qui savent à merveille nettoyer les os sans les abîmer et qui se promettent d'y sculpter des bijoux.

Lorsque les radeaux de joncs sont prêts, on y fait embarquer les femmes les plus âgées et les plus jeunes enfants. On y couche aussi le blessé que les vieilles ont soigné. Les chevaux entrent dans l'eau, c'est à leur croupière qu'on amarre les radeaux. Les cavaliers ont quitté leurs bottes qui sont dans les embarcations. À cheval, s'aidant de leurs arcs, ils piquent vers le large. Le courant est violent mais il porte vers le nord et c'est dans cette direction qu'ils veulent aller. Sadko crie :

— Ne luttez pas. Laissez-vous porter. C'est autant de gagné !

Et les vieux ronchonnent :

— C'est vers les profondeurs de l'enfer que nous porte cette eau en folie.

Eux aussi aident avec leurs lances ou leurs arcs mais, pour ces hommes qui n'ont jamais tremblé face à leur lac immense aux tempêtes terribles, pour ces vieux chasseurs qui n'ont jamais eu peur ni d'un ours ni d'un ennemi, cette traversée est une redoutable épreuve. Lorsqu'ils se retournent et que leur regard se perd sur l'infini de la steppe qui les rattachait à leur pays, la peur les envahit. Elle se lit dans leurs yeux. Ils savent tous que ce qu'ils ont quitté est un lieu à nul autre pareil. Les déserts qu'ils ont traversés et la violence de ce fleuve inconnu leur prouvent qu'ils ont laissé un paradis pour s'en aller mourir en des lieux où ne saurait vivre aucune divinité de bonté et d'amour.

12

Ils ont passé le grand fleuve aux eaux boueuses et nouées. Ils ont monté le camp pour leur première nuit sur l'autre rive. Sadko se dresse près du feu où rôtissent les viandes et s'adresse aux anciens.

— Vous voyez, lance-t-il, que cette berge n'est pas plus mauvaise que l'autre. D'ailleurs, avant que ne vienne la nuit, j'ai deviné, dans les lointains, des forêts pareilles à celles du Baïkal. Demain, nous les atteindrons et vous reconnaîtrez que vous aviez tort d'avoir peur. Car c'est derrière ces montagnes que le soleil a plongé pour dormir. C'est certainement là que se trouve l'eau plus vaste que notre lac.

Les vieux ne répondent pas. La fatigue semble les écraser et le froid du fleuve leur a roidi les jambes. Seul le plus âgé d'entre eux, Katchi, déclare :

— Tu as sans doute raison, Sadko. Tout de même, pour cette nuit, tu devrais faire doubler la garde.

— Ne t'inquiète pas, Katchi, un homme et les chiens suffiront.

Le vieillard n'insiste pas. Sadko désigne pour le premier tour de faction Sorski, l'un des fils d'Opritchi. C'est un grand brun aux yeux très noirs toujours rieurs. Il a des épaules larges, une poitrine épaisse et, sous le vêtement de peau, on devine les muscles de ses bras. Tandis que les autres vont se coucher, il prend son arc, son couteau de chasse et sa lance pour aller se planter à quelques pas des tentes, face à la vaste plaine. La clarté blême qui coule des étoiles fait ondoyer les longues herbes où le vent pleure doucement. Sadko reste un moment à veiller près du feu où des joncs secs et des filasses d'herbes humides se consument. Le vent léger couche la fumée sur la rive. Elle forme là comme un fleuve plus mou que l'autre et qui s'en va à contre-courant. La nuit est noire sans être épaisse. Quand Sadko s'écarte du feu, il distingue très bien l'autre rive. Rotchka sort de la yourte et vient lui toucher la nuque de sa main fraîche.

— Viens.

Il se tourne vers la plaine. La haute silhouette de l'homme de faction se dessine sur le ciel où s'éteignent de vagues clartés. Le garde marche lentement, sa lance sur l'épaule. Rassuré, Sadko entre sous la lourde tente de feutre où il fait tiède. Le silence est épais. À tâtons, le jeune chef se déshabille. Il ne peut rien distinguer, mais c'est comme s'il voyait sa femme étendue sur la peau d'ours où ils se couchent chaque nuit. En dépit de la fatigue, ils n'ont pas vécu, depuis leur mariage, un seul soir sans s'aimer. Avant qu'il ne vienne la rejoindre, Rotchka se parfume toujours avec cette essence d'herbes que sa mère lui prépare. Maneck est une femme qui connaît tous les remèdes, tous les secrets du corps, tout ce que contiennent les plantes de la steppe comme celles de la taïga. Hier, alors qu'ils se trouvaient en présence de ce fleuve qu'elle n'avait jamais vu, elle a marché longtemps sur la rive. Elle est revenue avec une brassée de tiges et de fleurs inconnues. Elle les a toutes respirées longuement, mordillées pour en goûter le suc. Il y en a qu'elle a rejetées en crachant, mais il en est d'autres qu'elle a gardées précieusement en disant :

— Celle-ci est bonne pour soigner le mal de poitrine. Cette autre guérira les blessures. Cette fleur séchée et réduite en poudre lèvera les brûlures.

Elle en a apporté ici. Elle les a glissées sous les peaux où couchent les jeunes mariés. Elle est persuadée, à présent, que leur union sera féconde. Ce sont ces plantes qui répandent à l'intérieur de la tente ce parfum légèrement enivrant.

Pour Rotchka et pour Sadko, peut-être parce qu'ils ont passé ce fleuve, cette nuit ne s'annonce pas pareille à celles qu'ils ont vécues depuis leur départ. La jeune femme murmure :

— Je t'aime comme les autres jours, mais il me semble que quelque chose est changé.

— Je sais. Et moi, je t'aime chaque jour de plus en plus.

— Mais qu'est-ce qui a changé ?

Il hésite quelques instants avant de répondre :

— Nous ne sommes plus sur la même terre. Nous avons traversé bien d'autres rivières, mais ce n'était pas pareil. Après le fleuve que nous avons franchi aujourd'hui, rien ne peut nous faire rebrousser chemin. Rien !

L'aube du lendemain les trouvera exténués, un peu saouls d'amour, mais émerveillés comme si le soleil, sur cette rive du fleuve, était plus lumineux et plus chaud.

Aussitôt hors de la tente, Sadko regarde vers l'ouest. Sous la lumière neuve, les monts qu'ils avaient devinés la veille dans le crépuscule sont moins sombres et l'on voit très bien qu'ils portent une forêt.

Dès qu'ils sortent, tous ces gens du Baïkal regardent dans cette direction. La forêt est leur amie. Mais les plus vieux ont un peu peur de ce chemin qui doit les mener jusqu'aux rivages de l'ambre.

13

Sadko sait parfaitement ce qui se passe dans le cœur des anciens. Ces hommes et ces femmes usés redoutent que le trop long chemin abrège leur vie. Mais lui ne pense pas à la mort. Il pense aux dieux. À ceux du Baïkal dont il s'est éloigné. Il les connaît. On lui en a si souvent parlé qu'il n'a aucune peine à les imaginer. Il les voit très bien, embusqués dans la forêt, à l'endroit où la rivière donne naissance au lac. C'est là que ceux qui l'ont condamné voulaient que son cheval le traîne. Mais les dieux n'ont pas voulu le prendre. S'ils lui ont laissé la vie, c'est qu'ils savent qu'un homme comme lui doit être là pour mener ceux qui l'ont suivi. Pour les guider vers ces contrées inconnues où d'autres dieux s'endorment chaque fois que coule une journée ou une nuit.

Car Sadko sait de manière certaine que le soleil, la lune, les étoiles sont autant de dieux. Or, tous marchent vers l'ouest. Que signifierait leur marche si elle n'était là pour indiquer le chemin aux humains? Dès son plus jeune âge, on lui a appris qu'il faut toujours marcher sur la trace des dieux. S'efforcer de les suivre si l'on veut un jour être accueilli en leur domaine.

Par moments, Sadko se demande s'il ne devrait pas faire route tout de suite vers le couchant. Mais quand on lui a parlé de l'ambre, on lui a dit que cette matière si dure et si pure est distribuée par des divinités qui vivent dans cette mer plus nordique encore que le Baïkal. Bien entendu, c'est une chose que les anciens ne peuvent pas comprendre. Ils ne veulent croire qu'en ces dieux qui leur ont été révélés dès leur enfance. À quoi bon tenter de leur faire entendre raison ? N'ont-ils pas cru que Sadko allait être emporté par Navra jusqu'en cette contrée mystérieuse où les créateurs du Baïkal le plongeraient dans les plus noirs abîmes de la mort et de l'oubli ? S'ils ont refusé de croire en la puissance de ces dieux-là quand ils ont vu que Sadko leur avait échappé, c'est qu'ils sont fermés à tout. Ils n'accepteront jamais de réfléchir, d'admettre qu'ils se sont trompés et qu'il existe des divinités qu'ils ne connaissent pas et qui détiennent un pouvoir immense.

Si les puissances du Baïkal n'ont pas pu dominer un homme pieds et poings liés, c'est qu'elles ne sont rien.

À force de penser à cela, Sadko finit par se persuader qu'il détient la grande vérité. Que la lumière est en lui. N'a-t-il pas échappé à tout ? N'est-ce pas la preuve qu'il est plus fort que les plus forts ?

Cette certitude l'habite à présent au point de le réveiller durant les nuits.

Si Sadko a échappé aux dieux du Baïkal, c'est

sans doute qu'une force plus grande que la leur le pousse. Qu'elle l'a désigné pour mener ceux qui l'ont suivi. Et il se prend à rêver que d'autres hommes le suivront aussi et qu'il atteindra les rivages où s'endorment les astres à la tête d'un peuple dont chaque être aura été désigné par la Puissance Suprême.

14

Fouaillés par la vue de cette forêt pareille à celle de leur Baïkal dont le souvenir ne cesse de les hanter, ils ont eu vite fait de lever le camp. La fébrilité des jeunes a fini par gagner tout le monde. Le soleil est encore bas lorsque, les chevaux chargés, le chef se met en selle et donne le signal du départ.

Ce matin, c'est un garçon de quatre ans qu'il a pris avec lui sur Navra. Un petit homme fier qui a beaucoup aidé à couper les joncs pour les radeaux et s'est très bien comporté pendant la traversée du grand fleuve.

Navra en tête, comme toujours, ils vont bon train durant toute la journée. Le soir, le camp est vite dressé, les feux allumés. La fatigue pèse mais ils savent que demain, avant la tombée du jour, ils auront atteint la montagne boisée.

Et le lendemain, c'est de nouveau le départ dans la fièvre.

Il n'y a guère que trois heures qu'ils vont quand Navra ralentit. La tête haute, il flaire le vent qui vient à leur rencontre. Sadko s'étonne.

Son cheval ne donne des signes d'inquiétude que si vraiment un fort danger menace.

— Qu'est-ce que tu as, Navra ? Qu'est-ce que tu sens ? Pas la forêt, tout de même, elle est encore trop loin !

Ils avancent un peu plus lentement et, presque tout de suite, Sadko constate que la végétation n'est plus la même. Les herbes sont plus hautes. Les touffes de joncs plus nombreuses.

— Un marécage !

Il n'y a pas à hésiter, ça ne peut être ni un lac ni un fleuve. Rien ne scintille au soleil.

Encore trente foulées peut-être, et Navra patauge. De lui-même, il s'arrête. Sadko lève le bras et, derrière lui, la longue file s'immobilise.

— Allons, Navra, avance un peu.

Le cheval fait quelques pas et enfonce. Il s'arrête. Il sait mesurer le danger. Son maître lui fait faire demi-tour et lance :

— Il y a des boues dangereuses, il faut les contourner.

Il se remet en marche et oblique vers le nord. De toute manière, c'est au nord que se trouve l'eau qui donne l'ambre.

Tout le monde suit mais, parmi les anciens, certains disent qu'il serait plus sage d'aller vers le soleil.

Toute la journée, ils marchent. Par moments, ils doivent même obliquer un peu vers l'est. Sadko s'obstine et, pourtant, à plusieurs reprises, Tamar s'est porté à sa hauteur pour demander :

— Es-tu certain qu'il faut continuer là ?

— Certain !

— On dirait que ces marais veulent nous barrer la route de l'ambre.

— Nous passerons.

— N'est-ce pas étrange que ces marécages soient sans vie ? Est-ce que les dieux ne sont pas les gardiens de l'ambre ?

Vers le milieu de l'après-midi, un important vol d'oies grises surprises par les cavaliers s'élève lourdement. Aussitôt, des flèches partent et les grands oiseaux tombent. Les chiens vont les chercher. Certaines sont trop loin, même les meilleurs chiens n'osent pas s'aventurer sur le sol meuble. Les chasseurs en ont ramassé tout de même plus de trente et cette rencontre inespérée a mis un peu de joie dans les cœurs. Les femmes ordonnent :

— Dressez le camp. Qu'on puisse les plumer et les fumer dans la nuit.

Pour monter les tentes, il faut s'éloigner des terres détrempées et c'est encore un retour en arrière. Sadko en est conscient. Quelque chose lui dit que mieux vaudrait retourner vers le sud, mais l'ambre le fascine et son orgueil lui interdit de céder aux demandes des anciens. À Tamar qui l'interroge encore, il explique :

— On va vers l'inconnu. Si on arrive avec ces petites choses qui sont bonnes pour l'échange, nous serons riches. Les étrangers nous accueilleront.

Le gros approuve. Il a en son chef une confiance aveugle. À eux deux, ils sont une force. Ils savent l'un et l'autre que tant qu'ils sont d'accord, personne n'osera s'élever contre leurs décisions. Et Sadko reste persuadé que les dieux qui le protègent et lui indiquent la bonne direction sont plus forts que les démons qui cherchent à lui barrer le chemin.

Le camp dressé, tous regardent vers le couchant. Le soleil encore loin de la terre vient pourtant de s'éteindre. De lourdes nuées montent très vite et l'or qui festonne leurs cimes moutonnantes se métamorphose. Ce liseré devient rouge. Des trouées d'un violet très lumineux percent çà et là cette masse épaisse. Les vieilles femmes regrettent :

— Pas la peine d'allumer des feux pour fumer les oies, on ne pourra pas. Il va pleuvoir très fort.

Pour le moment, c'est encore le grand calme. Les herbes immobiles ne murmurent même pas. Mais les vieilles insistent :

— On ne pourra pas. Les oies ne sont pas encore plumées. Demain matin, on fumera.

— Demain, il faudra partir.

Sadko vient à peine de parler que, comme s'il sortait du marécage, un vent d'une extrême violence se lève soudain. Les nuées ne sont pas encore là, mais on jurerait qu'il les tire derrière lui. Leur mouvement s'accélère. Un brasier semble s'être allumé tout au fond de l'immensité. Il les pousse d'une haleine terrible. C'est comme si la terre elle-même s'était enflammée par-delà l'horizon. Le vieux Katchi, le père de Maneck, dont tout le monde affirme qu'il sait prévoir le temps mieux que personne, s'approche de Sadko et, à mi-voix, il explique :

— C'est la grande eau qui fume comme ça.

C'est une eau de feu... Le feu de la terre. Quand le soleil y plonge, il la fait bouillir. Il faut renoncer, Sadko. Nul homme ne peut vivre sur la rive de l'eau de feu. Et nul ne peut franchir ces marécages.

Le jeune chef ne répond pas. Il laisse passer un bon moment puis, comme claquent d'énormes gouttes, il dit :

— Allons sous les yourtes. On parlera demain.

Le vieillard s'éloigne et Sadko l'entend grogner :

— Demain, nous serons tous noyés.

Et comme si le ciel voulait lui donner raison, il déverse d'un coup de l'eau à torrents. Tout le monde se réfugie sous les tentes. Les enfants hurlent, les femmes crient pour les calmer. Un éclair déchire les nuées.

La nuit est presque là. Le tonnerre roule et gronde. L'averse s'intensifie encore et le vent qui malmène les yourtes y pousse des rafales mouillées. Les enfants effrayés hurlent de plus en plus. La tente où se trouvent Opritchi et les siens s'écroule. Depuis sa blessure au bras gauche, Opritchi n'est plus aussi adroit. Il a mal noué des attaches que la force de la tempête vient d'arracher. Alertés par les cris des enfants et des femmes, Sadko, Tamar et Rotchka se précipitent. En quelques instants, ils sont comme s'ils sortaient d'un fleuve. Ils poussent tous ceux de la famille d'Opritchi sous leur propre tente et, sans essayer de la relever, ils plaquent la toile qui s'est écroulée sur le sol où ils tentent de la maintenir en plantant des piquets. Le jour s'est presque éteint et c'est à la lueur des éclairs qu'ils travaillent. Mais les piquets ne tiennent pas.

— L'eau monte ! crie Tamar.

Sadko s'en est rendu compte. Cette terre déjà très mouillée n'absorbe plus rien. Le marécage déborde. Les chevaux que la foudre terrorise ont piaffé un moment sur place en hennissant puis, arrachant leurs liens, ils ont fui loin de l'eau qui monte. Sadko hurle :

— Navra ! Navra ! Ici !

Quelques instants passent puis, dans la lueur d'un éclair, il voit son cheval revenir. D'autres hommes sortis des tentes appellent aussi leurs montures, mais très peu obéissent. Sans doute les plus éloignées n'entendent même pas. Partout, ce sont des cris :

— L'eau entre !

— Faut se sauver !

— On voit rien !

Plusieurs hommes essaient d'allumer des torches qu'ils tenaient prêtes, mais tout est trempé. Que faut-il prendre ? Que peuvent-ils emporter ? Ils empoignent ce qui leur tombe sous la main. Des armes, des outils, une fourrure. Les femmes prennent leurs enfants et tout le monde fuit. Il faut emporter le blessé, aider les plus vieilles. À présent, ils pataugent dans une boue gluante qui colle à leurs bottes et essaie de les retenir.

— Nous sommes perdus !

— Nous avons fait une folie !

Sadko a ramassé au passage deux enfants. L'un d'eux se hisse sur ses épaules et il en saisit un troisième. Sa femme en porte deux. L'eau tombe toujours aussi fort. Ils marchent en tournant le dos au vent. Ils marchent. Ils marchent jusqu'à ce que le sol sous leurs pas soit à peu près ferme. Ils le sentent qui monte légèrement.

— Faut s'arrêter là ! crie le chef. Groupons-nous. Que personne ne s'éloigne !

Épuisés. Trempés et grelottants, ils se tassent les uns contre les autres et tentent de se protéger avec ce qu'ils ont pu empoigner de toile. Ils forment ainsi une espèce d'énorme animal immobile, habité de plaintes, de toux, de soupirs et de gémissements.

Les éclairs plus rares leur permettent d'entrevoir les quelques yourtes restées debout. Elles sont comme posées sur un lac. Le vent est moins violent et la pluie plus fine semble vouloir s'installer pour longtemps sur cet univers noyé. Certains enfants épuisés se sont endormis et il faut les tenir ferme pour qu'ils ne tombent pas dans la boue. De cette masse de corps monte une respiration angoissée. Quelques chevaux étonnés se tiennent immobiles tout près des hommes.

15

La pluie et le vent ont cessé, mais la nuit a été très éprouvante. Parmi les plus âgés, certains se sont affaissés, incapables de se tenir si longtemps immobiles. Des mères se sont assises aussi dans la boue pour tenir sur elles leurs enfants endormis.

Le jour qui se lève perce avec peine un épais brouillard. Tout est blanc. Seule une clarté très diffuse permet de s'orienter. L'inclinaison du sol aussi est une indication.

Sadko réveille les enfants qu'il tient toujours. Ses bras sont engourdis et ses mains tremblent.

— Essayez de vous tenir debout, les petits.

On les aide, on les soutient.

— Tamar, viens avec moi !

Le gros se décharge lui aussi de son fardeau de chair frissonnante empêtrée de sommeil, et il suit Sadko. Ils font cinquante pas peut-être et doivent entrer dans l'eau. Le jeune chef entend patauger derrière eux. C'est son cheval qui le suit. Ils peinent à marcher dans ce bourbier d'où les bottes doivent être arrachées à chaque pas. Ils sont bien dans la bonne direction. Le campement est là, mais l'eau qui leur monte aux genoux a tout noyé. Sans hésiter, Sadko commence à récupérer ce qu'il peut et à charger son cheval.

— Va vers eux, Tamar. Que tous les hommes solides viennent avec ce que vous pouvez trouver de chevaux, il faut sauver ce qu'on peut.

Tamar s'éloigne et revient bientôt suivi par les plus jeunes. Alors le travail commence. Sans un mot. Sans un reproche à Sadko qui se sent mal à l'aise. Tout s'organise comme s'il leur était déjà arrivé de mener pareille tâche. À mesure que les hommes déposent les tentes, les objets, les fourrures, les vêtements sur le lieu où ils ont passé la nuit, les femmes se hâtent de tout tordre et de tendre les tissus sur des piquets que les vieux ont plantés.

— Le soleil percera. On fera sécher tout ça.

Ils ont même récupéré la plupart des oies qu'ils avaient tuées la veille. Et le vieux Katchi, qui est un peu sorcier, a réussi à sortir d'une sorte de coussin une poignée d'herbes sèches. Il est arrivé à y mettre le feu et, avec une patience infinie, tordant des joncs pour les essorer, il les fait sécher à la flamme et alimente son minuscule foyer qui prend peu à peu l'allure d'un vrai feu.

— Allez, les petits, tout le monde vient m'aider. Bougez, ça vous réchauffera !

Tous les enfants le suivent, l'imitent, coupent des herbes qu'ils font sécher. La fumée se mêle au brouillard où la chaleur des foyers ébauche des remous. Le vieil homme parvient presque à créer la joie. Ce n'est pas seulement la chaleur des feux qui les aide, mais celle de ce travail dont il a su faire un jeu. Et près de ces foyers, les femmes se mettent à plumer les oies. Quand elles les vident, les chiens, qui n'ont rien mangé depuis longtemps, se précipitent sur la ventraille.

Tout de suite, on fait cuire sur la braise les foies, les gésiers et les ailes.

— Le reste, on le fume. On sera content de le trouver plus tard.

À présent, ce sont les femmes qui mènent le bal. Bien des choses ont été perdues dans le bourbier, mais elles disent qu'elles sauront s'arranger.

— Et gardons les plumes et le duvet.

— Ces oiseaux nous ont été envoyés par les dieux.

Manger cette viande chaude où Maneck a émietté des herbes parfumées leur redonne à tous beaucoup de vigueur. Et, tandis qu'ils achèvent ce repas et boivent l'infusion, le soleil perce le brouillard. Un léger vent du levant se met à chanter au ras du sol. Il se lève par places et bouscule cette vapeur qu'il mêle à la fumée. Très vite, il tourne et semble venir du nord. Calmement, le vieux Katchi dit à Sadko :

— Les dieux nous ont envoyé ces oies grises pour nous aider. Ils nous ont envoyé la tempête pour nous mettre en garde. À présent, ils font lever ce vent qui nous montre le chemin, il serait sage de les écouter. Il faut marcher où passe le soleil pour contourner ces marécages.

Sadko hésite. Il pense toujours à la richesse que l'ambre peut leur apporter, mais il sent que presque tous sont d'accord avec Katchi. Hochant la tête, il dit :

— Tu as la sagesse de l'âge, nous irons où tu veux, vers la route du soleil.

Et il sent comme un énorme soupir monter de tous ces êtres exténués qui commencent à reprendre espoir.

16

Ils ont repris leur marche. Vers le sud, deux longues journées. Puis, ayant réussi à déborder la zone marécageuse, ils ont piqué vers le couchant, droit sur cette montagne qui les attire. Et ils ont dû marcher deux journées encore avant d'atteindre les premiers arbres. La montagne n'est pas très haute mais, à mesure qu'ils approchent, ils sentent que ce qui la recouvre n'est pas de même nature que le pelage de leurs forêts. Ils ont devant eux une masse compacte de branchages feuillus. Et soudain : des hardes d'animaux à cornes d'une espèce inconnue qui broutaient la prairie s'enfuient vers le couvert. Les chiens qui les ont éventés foncent comme des fous et les chasseurs prennent tout de suite le galop. Les premières flèches tuent trois bêtes. Sadko retient ses hommes.

— C'est assez pour aujourd'hui. Rappelez les chiens.

Les hommes appellent en vain. La meute est sur les traces de cette harde et l'on perçoit les aboiements.

— Ils reviendront.

— Il faut monter le camp ici et dépecer notre chasse.

Aussitôt, tout le monde se met au travail. Peu à peu, les chiens rentrent, mais deux sont blessés et il en manque trois. Katchi et Maneck qui examinent les plaies déclarent :

— Ce ne sont pas des loups... Les griffes de l'ours. Très gros ours.

— Allumez plusieurs feux pour la nuit !

On se hâte de ramasser du bois mort à la lisière de la forêt. Les trois chiens ne reviennent toujours pas. Les femmes ont dépouillé les cerfs et l'odeur de la viande qui grille fait saliver tout le monde. Les vieux qui examinent les bois des cervidés comptent les andouillers. Le mâle avait cinq ans et les femelles un ou deux ans de moins.

— Ce sera bon pour les outils.

— C'est un pays riche en viande.

Sadko s'approche de Katchi et dit de manière à être entendu de tous :

— Tu as eu raison de nous faire prendre la route proche de celle du soleil. Ta sagesse nous est précieuse.

Sadko place les veilleurs pour la nuit. Ils ont une bonne provision de bois et les branches qu'il faut pour que le feu compte le temps des relèves jusqu'à l'aube.

La nuit est bonne. La lune à son plein noie l'immensité de la plaine de sa clarté glaciale. Vers le matin, les veilleurs voient monter la brume et perçoivent nettement le galop des hardes de cervidés. Ils entendent aussi les hurlements des loups et le grondement des ours et d'autres animaux qu'ils ne connaissent pas. Les chiens pleurent mais pas un d'entre eux ne se risque à entrer sous bois. Il semble, par moments, que la forêt tout entière grogne et rugit. L'un des factionnaires très jeune dit au chef :

— Cette montagne est pleine de menaces.

— Ne t'inquiète pas, nous allons la traverser et, tout le long, nous ferons provision de viande.

Dès que le soleil émerge des brumes, tandis que les femmes préparent le repas et que les hommes commencent à démonter le camp, la montagne se met à bruire. D'abord comme un froissement de feuillage. Pourtant, il n'y a pas un souffle de vent et les arbres ne portent encore que des bourgeons. Puis, à ce bruit léger, se mêlent des cris. Soudain, la forêt fume. Un vol épais d'oiseaux de toutes tailles s'élève dans le ciel limpide : une nuée qui se déploie, s'écarte, se disperse pour tomber en pluie sur l'immensité de la plaine. Et puis plus rien. La montagne s'est vidée. La prairie et les marécages ont tout absorbé. De loin en loin, quelques égarés se déplacent, d'autres crient qu'on ne voit même pas.

Jamais les gens du Baïkal n'ont assisté à pareil spectacle. Jamais ! Même les plus vieux ont peine à en croire leurs yeux.

— Dans ces bois, disent-ils, nous ne mourrons jamais de faim.

— Aujourd'hui, nous commencerons de traverser.

Ils ont remarqué que la forêt s'étend vers le sud bien plus loin que le pied de la montagne. Sadko a donc décidé de s'engager au flanc de ce versant. En restant à mi-pente, ils devraient pouvoir aller facilement sans risquer de quitter la bonne direction.

Aussitôt les bêtes harnachées et chargées, ils partent. Le bois est touffu mais on voit que des animaux y ont tracé des pistes. L'une d'elles va à peu près dans la direction qu'ils veulent prendre. Navra s'y engage d'un bon pas mais, très vite, Sadko doit mettre pied à terre. La piste continue, elle est bonne, malheureusement pas à hauteur d'un cavalier. Un entrelacs de branches la coupe et même le cheval a du mal à passer. Jamais encore Sadko n'avait vu forêt aussi dense. Donnant à sa troupe l'ordre de s'arrêter, il laisse son cheval et s'engage seul avec l'espoir qu'il n'y a qu'un mauvais passage à franchir. Plus il progresse, plus la piste devient difficile. Non seulement elle manque de hauteur, mais elle se partage et semble se perdre dans un fouillis où il faudrait ouvrir une voie à la hache et au sabre.

Sadko fait demi-tour. Il rejoint les autres et ordonne qu'on rebrousse chemin. Les bêtes chargées ont du mal à tourner tant l'espace est restreint. Sadko est contraint de rester en queue et Navra, qui n'aime pas suivre, doit être tenu très ferme. Ils vont ainsi jusqu'à un élargissement de la piste qui permet enfin au chef de reprendre la tête.

— Il faut essayer une autre sente.

Comme tout le monde fatigue beaucoup à progresser ainsi, on décide que trois cavaliers vont suivre chacun une trace différente. Ils iront jusqu'au moment où le soleil marquera le tiers du jour. Puis ils reviendront et on prendra la piste la plus large et la plus facile. Sadko laisse à Katchi la responsabilité de ceux qui vont attendre. Lui-même prendra la piste du bas. Tamar celle du haut et Tipock, qui est le plus jeune, s'engagera sur celle qui file entre les deux.

Ils partent tous les trois. Au début, ils vont au trot mais, très vite, ils doivent ralentir puis mettre pied à terre. La forêt est d'une telle épaisseur que la nuit, en certains endroits, y est presque complète. Le silence est aussi dense que l'obscurité. Il y a une couche de silence qui les sépare du bruit que fait le vent dans la cime des arbres. Une épaisseur d'air dont on a l'impression qu'elle ne doit jamais être dérangée par le vent.

Soudain Tipock, qui sent son cheval renâcler et freiner des quatre sabots, porte la main à son couteau de chasse. Il n'a pas le temps de le tirer de sa gaine qu'une masse énorme fend les broussailles et tombe sur lui. Une autre jaillit aussi et se jette sur son cheval qui pousse un hennissement déchirant. Le garçon lance un appel distordu qui se brise au moment où la mâchoire de l'ours se ferme sur sa gorge. Son propre sang l'étouffe. Les griffes labourent son corps. Le cheval est tombé. C'est la femelle qui l'a attaqué et deux oursons déjà de forte taille se jettent aussi sur lui.

Sadko et Tamar qui ont entendu laissent leur monture et entrent dans la forêt, l'un vers l'amont, l'autre vers l'aval. Ils cognent de toutes leurs forces à coups de hache dans la broussaille mais, bientôt, ils doivent renoncer. Nul ne saurait se tailler un passage dans cet enchevêtrement. Alors, sans s'être concertés, ils rebroussent chemin et filent le plus vite possible. Quand ils arrivent où les autres sont restés, quatre hommes qui ont entendu les cris sont déjà partis. Ils les suivent. Ils n'ont pas parcouru le tiers du trajet qu'ils les voient revenir. L'un porte le couteau et la lance de Tipock, un autre la selle de son cheval toute ruisselante de sang. Ce sont des chasseurs, des guerriers qui ont combattu, mais ils semblent effrayés. Presque sans voix.

— J'étais en tête. J'ai bien vu... Des ours. Trois plus grands que les plus grands... Partis dans le fourré en emportant ce qui restait de Tipock et de son cheval. Même les jeunes sont énormes. Monstrueux... On ne pouvait plus rien... Rien.

Il se tait. Ses compagnons ont des gestes d'impuissance. Comme tous se retournent, ils voient arriver Poga, la femme de Tipock, qui comprend tout de suite et se jette contre la poitrine de Sadko en hurlant.

17

Ils ont dû sortir de la forêt et se remettre à marcher vers le sud sur cette plaine d'où s'élèvent souvent d'immenses vols d'oiseaux. Ils tuent des perdrix, des coqs, d'énormes faisans, des canards au plumage très coloré et encore quelques oies grises. Ils montent le camp pas très loin de la forêt pour avoir facilement du bois.

— Demain, disent les femmes, avant de partir, il faudra encore fumer toute cette viande.

Sadko a placé ses veilleurs puis regagné sa yourte. Il a à présent deux femmes car la veuve de Tipock ne veut pas rester seule avec la mère de Tipock. Elle ne s'est pas encore donnée à Sadko, mais il sait qu'elle le fera. Il est normal que le chef possède plusieurs épouses et Rotchka s'entendra très bien avec Poga qui est son amie depuis l'enfance. Rotchka sait que c'est elle seule que Sadko aime d'un grand amour et qu'il ne cessera jamais de l'aimer.

Épuisés par cette journée, ils se sont endormis. La toile est restée entrouverte car, dans ce pays si étrange, Sadko ne se sent pas tranquille. Il veut être prêt à bondir. Il s'est couché habillé, il n'a que ses bottes à enfiler.

La lueur vacillante du foyer le plus proche danse jusque sous cette tente qu'un léger vent de nuit frôle sans lui imprimer le moindre mouvement. C'est que le tissu est épais et lourd.

Ils ne dorment pas depuis longtemps lorsqu'ils sont tirés de leur sommeil par des hennissements et des cris d'hommes.

Sadko bondit. Il a reconnu l'appel de Navra. Il reconnaîtrait son cheval entre mille. Il ne prend même pas le temps de chausser ses bottes. Saisissant son couteau et sa lance, il sort pieds nus.

— L'ours ! L'ours !

Deux factionnaires courent en direction du bois. La lune à son premier quartier verse assez de clarté pour que Sadko voie Navra et un autre cheval couchés et maintenus au sol par deux ours énormes et trois un peu moins gros. Le jeune chef arrive avec beaucoup d'avance sur les autres hommes. Il frappe. Le fer de sa lance fouille la gorge du fauve mais une patte fouette et brise comme une brindille le bois pourtant solide de l'arme. L'ours blessé a du mal à se mettre à quatre pattes mais l'autre se dresse. Il domine de toute sa taille Sadko qui vient de sortir son couteau. Les autres chasseurs arrivent et Sadko leur crie :

— Laissez-moi !

Ils se précipitent tous les deux sur les ours plus jeunes. Navra est blessé à mort. Son maître l'a compris tout de suite. En un éclair, il a compris aussi qu'il doit lui-même ou mourir avec lui ou tuer seul cet ours énorme. Alors qu'il lève son couteau en direction de la gorge, la patte griffue s'abat sur son épaule gauche. Le sang gicle. Mais Sadko n'essaie pas de fuir. Tandis que l'ours l'attire contre lui et ouvre une gueule effrayante, la main droite du chasseur frappe trois fois. Un rugissement terrible sort de cette gueule qui voudrait mordre la tête de Sadko. La lame fouille encore ce corps dont la peau est dure.

Sadko est à présent plaqué à cette masse mais il la sent qui faiblit. Les pattes fléchissent. Celle qui tient l'épaule ne lâche pas et l'homme se trouve entraîné par le poids de la bête. Sa lame frappe encore et, de la gorge du fauve, sort à présent une sorte de gargouillement. Du sang gicle et la tête de Sadko en est aspergée.

L'étreinte se desserre. Le jeune chef se relève. Laissant l'ours qui agonise, il se précipite vers son cheval et s'agenouille à côté de lui. Le flanc du beau tarpan est ouvert et son ventre aussi. Le sang coule à gros bouillons. Sadko que la douleur rend fou quitte son vêtement et essaie d'arrêter l'hémorragie. De la gorge du cheval sort un gémissement presque continu. La lune pique des éclats glacés dans son œil. Voyant qu'il ne peut plus rien pour son ami, Sadko s'allonge contre lui et, prenant dans ses bras cette grosse tête, il la serre de toutes ses forces. Ses larmes coulent sur le pelage où elles se mêlent au sang.

— Navra... Navra... Je veux pas que tu me laisses. Tu m'as sauvé, Navra... Tu es mon frère...

Les autres chasseurs ont réussi à tuer la femelle et les trois jeunes. Quatre chiens ont été blessés.

L'un agonise et son maître l'achève pour abréger ses souffrances.

À présent, tous font cercle mais assez loin. Ils savent ce que Navra représente pour Sadko, nul n'ose approcher davantage. Personne ne dit mot.

Sadko tient toujours entre ses bras la tête du beau tarpan dont l'œil semble encore vouloir s'accrocher à la vie.

Après un moment, Rotchka avance. Elle demeure quelques instants immobile derrière cet homme qu'elle aime, qu'elle admire entre tous et n'avait jamais vu pleurer. Puis, lentement, elle s'agenouille et pose sa main fraîche sur cette nuque secouée de sanglots. D'une voix très douce que le chagrin ébranle bientôt, elle murmure :

— Pleure, Sadko... Pleure ce tarpan que nul ne remplacera... Navra t'aimait autant que je t'aime... Sans lui, je ne serais pas ta femme... Sans lui, tu ne serais plus en vie.

À son tour, elle se laisse tomber. Son bras gauche serre le dos de Sadko et le droit étreint le cou du cheval blessé.

L'agonie dure longtemps encore. Le cercle autour d'eux n'a pas bougé. Les premières lueurs de l'aube se devinent déjà au fond du ciel lorsque le beau tarpan des steppes laisse aller un dernier râle. Sadko embrasse son front puis, d'un bloc, il se lève et tire par la main son épouse qui se lève aussi.

La clarté blême qui coule au ras de la plaine éclaire son visage où luisent des larmes. Mais déjà son regard est dur. Se tournant vers Tamar, d'une voix ferme, il lance :

— Je veux qu'il finisse comme un homme. Qu'on prépare un bûcher. Nul ne mangera sa chair.

Le cercle se défait. Sadko et Rotchka demeurent seuls un moment à côté du cheval mort. Puis Poga vient prendre Rotchka par la main pour l'entraîner vers la tente tandis que Sadko rejoint les autres hommes.

18

Ils ont construit un énorme bûcher. Tout le monde s'y est employé. Même les enfants. Sadko a travaillé dur. Les dents serrées sur sa colère. Car le chagrin qui l'habite n'empêche pas la colère. Et c'est à lui, à lui seul, qu'il en veut. S'il ne s'était pas mis en tête de suivre la route qui mène à l'ambre, ils n'auraient pas eu à contourner ces marais puis cette forêt impénétrable. Il se sent seul responsable de la mort de son cheval. Allant vers l'ambre, il a cessé d'écouter l'appel des dieux qui lui indiquaient le chemin du soleil. Et les dieux lui ont pris son cheval pour le punir.

Une fois le corps hissé sur la pile de bûches et le feu allumé, Tamar vient à côté de lui et dit :

— Je sais ce que tu penses, mon ami. Mais tu as fait pour le mieux. Personne ne peut t'en vouloir. Nous sommes tous tristes de ta tristesse, mais nul ne te condamne. Tu dois le savoir.

Sadko le regarde à travers ses larmes.

— Merci, Tamar. Mais moi, je porterai toujours en mon cœur la mort de Navra comme si une pierre très noire et tranchante était entrée dans ma poitrine.

Les flammes grandissent et atteignent le cheval. Quand la crinière flambe, le jeune chef ne peut retenir un énorme sanglot qui le secoue. Une main serre la sienne. Son épouse est à côté de lui. Elle pleure elle aussi.

Personne, parmi toutes celles et tous ceux qui assistent au spectacle, n'a jamais vu brûler un cheval. La jument qui a aussi été tuée par les ours était l'une des bêtes prises aux pillards. Les femmes l'ont déjà dépouillée et partagée entre les familles.

Quand il ne reste plus que cendres, Sadko se raidit contre sa peine. Muselant sa colère, il va vers le vieux Rosbeck chargé des chevaux qui appartiennent à la communauté. Ce sont surtout ceux qui ont été pris aux pillards et qu'on utilise pour porter les tentes.

— Rosbeck, il me faut un bon cheval !

Le vieux qui est long, mince, presque frêle, a une face étroite et anguleuse avec un curieux nez crochu. C'est un homme qui ne s'énerve jamais. Il a en lui toute la douceur qu'il faut pour bien mener des bêtes. Il hoche la tête un moment. Son regard noir va de Sadko au groupe des chevaux qui broutent.

— Viens !

Sadko le suit. Ils passent à côté de quatre femmes occupées à dépouiller l'ours que Sadko a tué. L'une d'elles demande :

— Et ta blessure ?

— Maneck m'a soigné.

— Tu as eu beaucoup de chance. Cet animal a des griffes énormes. Regarde, c'est un lambeau de ton vêtement.

— Je vois.

Rotchka a déjà réparé le large accroc que le fauve avait fait dans le cuir. Les deux hommes continuent. Avant d'atteindre les chevaux, le vieillard s'arrête et se tourne face à Sadko qu'il regarde au fond des yeux.

— Sais-tu pourquoi Navra qui se tenait toujours près de ta yourte s'est éloigné cette nuit ?

— Il a suivi une jument.

Le vieux hoche la tête. Son regard est soudain très mouillé. D'une voix que le jeune chef ne lui connaissait pas, il dit lentement :

— Sadko, tu vas m'en vouloir à mort... C'est une bête en chaleur. J'aurais dû l'attacher mieux. C'est ma faute si Navra est mort.

Sa voix s'étrangle. Un temps passe puis il reprend :

— Tu n'as pas l'air surpris ?

— Non. Je le savais.

— Et tu ne m'en veux pas ?

— À quoi bon !

Sadko hésite quelques instants avant d'ajouter, presque à voix basse :

— Je porte une responsabilité beaucoup plus lourde.

Comme des enfants approchent, Sadko se ressaisit et dit :

— Allons examiner les bêtes.

Ils s'arrêtent à quelques pas et le vieux explique :

— Tu vois, le plus grand. Un jeune. Je sais pas si tu te souviens, c'est celui qu'on a eu le plus de mal à capturer. S'il avait pas piqué vers le bois où il s'est empêtré dans la broussaille parce qu'on le forçait à gauche et à droite, je crois qu'on ne l'aurait jamais eu. C'est un rapide. Mais fougueux et violent. Je ne le conseillerais à personne d'autre.

Il se tait pour s'approcher doucement du grand tarpan qui, tout de suite, dresse la tête, souffle des naseaux et montre les dents.

— Il ne te connaît pas... C'est sûrement le meilleur, mais pas facile... Pas fini de dresser.

— Je vais chercher ma selle. Sors-le d'ici.

— Avec ce que tu as à l'épaule, tu ferais mieux d'attendre quelques jours.

— Non. Tu sais bien qu'il me faut une bête.

Sadko ne veut pas prendre le départ sur une monture d'emprunt. Et ce cheval qui ressemble à celui qu'il vient de perdre l'a séduit. Il a vu pétiller dans son œil fier une étincelle pareille à celle qu'il avait remarquée chez Navra quand il l'avait choisi.

Dès qu'il a pris sa selle, il rejoint Rosbeck. Les enfants qui ont compris ce qui se prépare se sont assemblés pour regarder. Le vieux leur ordonne de se tenir à distance. L'un d'eux crie à Sadko :

— Tu me prends avec toi ?

— Pas aujourd'hui, mon petit.

— Demain ?

— Peut-être.

Tous ces enfants sont en admiration devant ce chef qui s'est battu corps à corps avec un ours géant.

Celui qui vient de parler est le petit-fils de Rosbeck. Comme son grand-père, il aime les chevaux. Tous les enfants les aiment, mais ce garçon haut comme une botte monte déjà bien. Il passe le plus clair de son temps avec le vieux qui lui enseigne tout ce qu'il sait sur les bêtes et la manière de s'en occuper. Et le vieillard dit :

— Un jour, il sera un fameux cavalier. Et, plus tard, il sera comme moi, il saura tout ce qu'il faut savoir pour être responsable des chevaux.

Tandis que le vieux tient le tarpan fougueux qui piaffe, Sadko le selle. Il ne cesse de lui parler et sa main caresse l'encolure. Quand elle veut se poser sur le front, le cheval écarte vivement la tête et essaie de mordre.

— Doucement... Doucement, mon beau.

Empoignant la bride, Sadko s'enlève d'un grand élan et enfourche le tarpan qui part au triple galop. Couché sur l'encolure, le cavalier excite encore sa monture de la voix et des talons :

— Allez, allez. Plus vite.

Le cheval tend à foncer droit sur le bois mais Sadko l'oblige à se diriger vers le large de la plaine. Il se grise de vitesse. Femmes, hommes et enfants, tous le regardent partir.

— Il est fou, disent les uns.

— Non, réplique le vieux Rosbeck, il est en train de faire amitié avec une bête qui vaut aussi bien que celle qu'il vient de perdre.

Sadko n'est déjà plus qu'un point noir qui

continue de s'éloigner tout au fond de la plaine. On le voit qui oblique vers la droite.

— Là aussi, il doit y avoir des marécages, disent les vieux.

Sur la route suivie par le cavalier solitaire, se sont élevés de grands vols d'oiseaux. C'est un peu comme si son cheval avait arraché à la steppe des copeaux que le vent emporterait vers les hauteurs du ciel clair.

Les femmes retournent au dépeçage et à la cuisson de l'ours. Certaines sont occupées à nettoyer sa peau. Des hommes et des enfants se sont remis à l'entretien des feux mais les autres, toujours immobiles, semblent fascinés par ce point noir qui danse au loin. Soudain, plusieurs voix crient :

— Il revient !

— Il revient !

— Regardez !

Alors tout le monde se hâte de reprendre place pour assister au retour du chef. Et le point noir se rapproche aussi vite qu'il s'est éloigné. Il grandit. Il devient cheval et cavalier. Bientôt, le bruit du galop est perceptible. Et, dès qu'il est à portée de voix, les enfants se mettent à crier leur admiration :

— Sadko, tu es le plus fort !

Le tarpan dont le pelage ruisselant fume vient s'arrêter devant eux. Il doit être épuisé, mais il demeure fier, la tête haute. Quand son maître met pied à terre et vient caresser son front, il baisse la tête. Il est soumis.

— Tu vas t'appeler Navra, toi aussi. Tu ne

remplaceras jamais tout à fait celui qui m'a sauvé, mais tu seras tout de même un fameux cheval.

La voix de Sadko s'étrangle et il verse une larme en embrassant le nez du beau tarpan des steppes.

19

Ils se sont accordé cette journée de repos pour laisser aux femmes le temps d'en finir avec les peaux et la viande. Elles ont aussi récolté de la graisse d'ours. Les vieux ont choisi certains os qui feront de très bons outils. Maneck et sa fille ont parfaitement nettoyé les deux têtes. Les os sont presque blancs et très luisants. Elles les ont séchées à la chaleur du foyer puis, alors qu'elles étaient encore tièdes, elles les ont longuement frottées avec des herbes. Elles viennent toutes les deux. Maneck porte la tête de la femelle et l'offre à Poga :

— Ce n'est peut-être pas celle qui a tué ton mari, mais c'est de la même race. Tu la garderas en souvenir de lui. Et quand l'homme à qui tu te donneras te fera des enfants, ils auront la force de l'ours.

Poga embrasse Maneck en bredouillant des remerciements que personne ne peut comprendre. Katchi qui a empoigné l'autre tête la tend alors à Sadko.

— C'est toi qui l'as tué. Tu conserveras sa

tête. Elle n'a plus les yeux qui ont lu sa mort dans tes yeux, mais tu as prouvé que tu es digne d'être notre chef puisque tu as été plus fort que l'ours géant.

Sadko prend le crâne luisant et soupire profondément. Il ne peut s'empêcher de dire :

— Je n'ai pas la sagesse aussi grande que ma force. Si je l'avais, Tipock serait encore là et mon cheval aussi.

Il regarde Poga qui baisse la tête. Le vieux fait un pas comme s'il voulait s'éloigner puis, se ravisant, il se retourne.

— Tipock n'est plus là, mais je sais que son âme est avec nous et que sa présence t'aidera à trouver la sagesse pour nous mener où nous devons nous rendre.

Maneck et sa fille s'éloignent. Sadko contemple encore un moment le crâne énorme qu'il va poser à côté de la place où il a dormi. Il dit à ses femmes :

— Vous en prendrez grand soin.

Rotchka le rejoint. Son regard plonge au fond de lui. Elle hésite puis, timidement, elle demande :

— Est-ce que tu auras la sagesse ?

— De quoi as-tu peur ?

La jeune femme se tourne un instant vers Poga qui s'est assise et garde sur ses genoux le crâne de cette femelle qui a peut-être tué et dévoré son mari. Parlant plus bas, Rotchka reprend :

— Je ne voudrais pas que tu... que tu...

Elle n'achève pas mais Sadko sait très bien ce qu'elle redoute.

— Ne t'inquiète pas, dit-il, nous découvrirons le passage. Nous irons jusqu'au lac plus vaste que le Baïkal. La grande eau où le soleil plonge le soir pour se purifier et reprendre des forces.

Ayant dit, il sort. Il sent bien que sa femme le perce à jour. Elle sait qu'il est inquiet. Qu'il n'est plus certain de trouver le passage. Est-ce que les autres sont comme elle ? Mais que peut-il faire ? Aller dire aux plus âgés qu'il ne veut plus être leur chef ? Qu'il a peur de ne pas savoir ? Sadko n'a jamais baissé le front devant personne. S'il est ici, c'est parce qu'il a tenu tête à un vieillard incapable de mener le clan. Ceux qui l'ont accompagné lui ont accordé leur confiance. Ils ont quitté ce lac qu'ils aimaient parce qu'ils espèrent qu'il y en a de plus vastes et plus beaux encore. Sadko leur a promis qu'il le trouverait, il ne peut pas s'avouer vaincu. Cette forêt a certainement une fin. Ou un passage.

Sadko regagne le lieu où il a attaché son cheval. Dès qu'il l'évente, le beau tarpan pousse un hennissement que Sadko comprend. Son cheval est heureux de le voir. Il le regarde venir la tête haute, mais sans colère. Ce qu'il faut faire à présent pour que l'amitié soit parfaite, c'est le monter à cru. Lui accorder une totale confiance.

Et, l'ayant détaché et flatté de la main, le cavalier s'enlève d'une détente et monte. Il serre les dents car ce mouvement a dû rouvrir la plaie de son épaule, mais il ne renoncera pas. Ils sont déjà lancés sous le regard émerveillé d'une bonne dizaine d'enfants qui rêvent tous d'être un jour pareils à Sadko.

Cette fois, c'est le jeune chef qui pousse sa monture en direction de la forêt. Arrivé à une vingtaine de foulées de la lisière, il oblige sa bête à obliquer et à continuer en demeurant à cette distance. Du regard, il fouille la masse compacte des branchages et des troncs énormes. Des tempêtes terribles ont dû souffler là car de nombreux arbres arrachés sont encroués, ce qui donne encore à la forêt un aspect plus impénétrable.

À plusieurs reprises, Sadko croit deviner une percée. Il ralentit l'allure et approche du couvert, mais ce qu'il a vu n'est chaque fois qu'une piste étroite et basse où il doit renoncer à s'engager. Alors, remettant Navra au grand galop, il fonce vers le sud.

Le ciel est chargé d'énormes cumulus blancs et gris qui courent, poussés par un vent haut perché.

Ce qui étonne le plus Sadko, c'est moins cette forêt si étrange que l'absence d'hommes. Ils n'ont rencontré personne depuis si longtemps. Mais où va donc cette forêt qui n'en finit plus ? Est-ce que le monde des humains s'arrête ici ? Est-ce que la grande eau est vraiment là où le soleil se couche ?

Soudain Sadko arrête son cheval. À cause de la vitesse, il a cru un instant que sa vue le trompait, mais non. Tout au bout du moutonnement des feuillages, il y a quelque chose. Une montagne ?

Sadko repart.

— Allez ! Allez ! Plus vite !

Ce tarpan est vraiment un animal merveilleux. On le croirait totalement imperméable à la fatigue. Jamais son allure ne faiblit. À présent, ce n'est plus la forêt que le cavalier interroge du regard, mais cette masse qui grandit lentement. Une montagne qui semble nue. La lumière du soir l'incendie. Elle est rouge, jaune, avec de longues crevasses violettes. Jamais encore Sadko n'avait vu montagne pareille. Mais une nuée plus épaisse que les autres la plonge dans l'obscurité. Sadko, fasciné par ce qu'il voyait, n'a pas senti couler le temps. La nuit approche. Il est loin. Les autres risquent de le croire mort. Alors, persuadé que demain ils verront le bout de cette forêt qui leur barre la route, il fait demi-tour et reprend sa course.

Les nuées de plus en plus denses l'obligent à ralentir un peu. Mais, bientôt, au loin, il distingue les minuscules points d'or des feux où les femmes doivent continuer de cuire et de fumer la viande.

DEUXIÈME PARTIE

Le milieu du monde

20

Énorme. Planté au milieu du monde. Il est l'hiver éternel. Il touche le ciel. Il crève les nuées de ses dents de glace. Il interdit tout passage. Barre la route à la vie.

Ce n'est pas un glacier, c'est un univers de glace. La nuit et le jour. L'ombre et les lumières les plus éblouissantes se disputent ses escarpements.

Irréel. Monstrueux. Sublime. D'une beauté qui fait peur.

Est-ce qu'il avance ? Est-ce qu'il va se mettre à marcher vers le levant en écrasant tout sur son passage ?

Cette terre immobile rugit. Ses entrailles frémissent et fument. Un feu glacial l'habite.

Elle est le milieu du monde. De là doivent s'évader des eaux furieuses.

Est-ce la foudre qui a sculpté ces roches ? Est-ce la colère du ciel qui a pétri ces neiges éternelles ? Scié ces glaces pour en tirer des pics menaçants ?

Milieu du monde ou fin du monde accessible aux humains ?

Plus de route, plus de chemin, même plus la moindre sente. Nul animal n'oserait approcher cette monstruosité dont la clarté fascine et attire pourtant.

Aubes et crépuscules cohabitent ici. Le temps est bouleversé. Le grand jour étreint la nuit la plus noire. Non pas noire. Car rien n'est vraiment noir en ces lieux. L'ombre violette et bleue est hantée de lumières. Des clartés fusent. Se coulent partout. Elles pénètrent jusqu'au plus profond des profondeurs.

Le domaine de la mort ?

Peut-être. Mais une mort habitée de grands souffles. De mouvements. De grondements et de cris.

Même le vent semble naître de ces lieux comme si les rochers respiraient très fort. Pour que tant de buée monte des gouffres, pour que tant de sueur ruisselle des parois, il faut bien qu'un énorme foyer soit enfoui vivant dans les profondeurs.

Nul besoin que des animaux et des hommes habitent ces terres pour qu'elles soient gorgées de vie, ce sont elles qui vivent. Ce sont elles qui menacent à chaque instant de se soulever pour écraser le reste du monde.

Survivance des grands bouleversements, ces montagnes portent en elles des menaces de cataclysmes, de destructions sans bornes. Si ces montagnes se soulèvent, elles provoqueront des écroulements qui déferleront jusqu'aux limites extrêmes du disque de terres et d'eaux qu'est le monde.

Est-ce que ces montagnes ne seraient pas le refuge du démon ? N'est-ce pas à l'ombre glaciale de leurs crevasses que se démènent dans d'atroces douleurs les âmes des damnés ? Existe-t-il des êtres assez fous pour oser s'engager dans les couloirs étroits qui s'enfoncent entre les falaises, dans des éboulis de rochers ?

Monde étrange. Effrayant et fascinant à la fois. Monde qui semble vous ordonner de fuir vers les terres basses et qui, en même temps, vous attire vers ses profondeurs où tout le mystère de la nuit s'est embusqué pour vous tendre ses pièges.

21

Les cavaliers du Baïkal ont marché durant des saisons et des saisons qui ont ajouté des saisons aux saisons.

Des vieux sont morts le long du chemin et des enfants sont nés qui ne sauront jamais où ils ont vu le jour.

Pour ceux qui se sont éteints en plein cœur des plaines nues, aucun bûcher n'a pu être dressé. On ne brûle pas des cadavres sur des herbes pauvres. Alors, sur ceux-là, on a entassé des pierres qu'il a parfois fallu aller chercher très loin. Et ces tombes jalonnent de place en place le long itinéraire. Elles sont là comme pour indiquer aux survivants la piste qui ramène à leur pays par-delà l'immensité des steppes.

Mais l'idée de rebrousser chemin n'a jamais visité Sadko et nul, parmi ceux qui l'ont suivi, n'oserait parler de retour. Tous sont attirés par la grande eau où le soleil s'endort. Ils ont traversé des forêts sans bornes, franchi des fleuves et des torrents, ils ont mené cent combats contre des fauves. Ils ont rencontré des hommes différents de ce qu'ils sont, jusqu'à ces grands guerriers à la peau blanche et aux cheveux couleur de paille avec qui ils ont pu s'entendre parce qu'ils avaient à leur offrir ces beaux tarpans des steppes dont tous les véritables cavaliers tombent amoureux. Avec d'autres inconnus, ils ont dû se battre. Ils ont tué. Ils ont déploré des blessés et des morts.

Ils ont peiné longtemps avant d'atteindre ces terres que dominent les glaciers. Ils ont vu aussi des montagnes très hautes, mais jamais aucun d'entre eux n'a approché un glacier pareil à celui qui leur barre la route du couchant.

Un soir, ils se sont arrêtés. Ils ont monté leur camp sans oser se risquer jusqu'au pied de ces masses énormes de rochers et de glaces d'où jaillissent des torrents.

Là, se dresse un mystérieux prolongement de l'hiver qui a recouvert la terre durant des millénaires. La blancheur striée de jade, et par-dessus tout ça : la lumière.

Mais la lumière décline. La nuit qui semble venir de cette montagne monstrueuse recouvre les voyageurs épuisés. Elle les enveloppe de peur et de froidure.

Puis renaît le jour. Un éblouissement. Les dents acérées du glacier mordent un ciel limpide où meurt très vite un reste de nuit. Un combat se livre qui impose silence.

Sadko n'a presque pas dormi. Vingt fois il est sorti de sa tente, non pas pour s'assurer que les veilleurs étaient bien à leur poste, mais pour contempler le glacier. La nuit était prenante, sous la lune et les étoiles, une nuit fouaillée de bise pareille aux nuits d'hiver. Et pourtant, Sadko sait que l'hiver ne peut pas revenir d'un coup, à présent. Il connaît trop le cycle des saisons pour accepter de croire qu'il puisse être bouleversé.

Soudain, l'aube s'allume. Elle flambe. Elle arrache à la montagne des soupirs énormes, des plaintes et des craquements. On peut croire un instant que tout va s'effondrer. Les femmes se sont mises à trembler. Les enfants terrorisés sont muets. Ils ont trop peur pour crier.

Des vieillards s'avancent. Muets. Cloués d'effroi.

Sadko sent qu'il est sans doute le seul à dominer sa peur. Il doit agir. Ne pas laisser les siens en proie à ce spectacle qui les glace d'angoisse. Il doit parler :

— Les dieux de ces montagnes ne sont pas nos ennemis. Ils engendrent des torrents. Écoutez !

Tous écoutent et comprennent que ce n'est pas seulement le hurlement du vent qu'ils perçoivent. Une rumeur monte vers eux qui semble venir du cœur de la terre. Sadko fait quelques pas puis s'arrête et se retourne.

— Venez !

Ils le suivent mais la peur noue les entrailles des plus courageux d'entre eux. Une femme s'avance, puis une autre. Ce sont les deux épouses de Sadko. Leur courage décide les autres.

Tous marchent ainsi une centaine de pas. Sauf les deux femmes, tous se tiennent en retrait. Quand Sadko s'arrête, ils s'arrêtent aussi. Il se retourne.

— Allons, approchez !

De la vapeur monte d'une large fente de la terre. Elle s'élève dans le vent qui la pétrit et la mêle à la lumière blonde. Des trouées d'ombre bleues et violettes se creusent dans ces masses en mouvement.

L'eau bouillonne au fond de cette crevasse. On ne la voit pas mais sa voix est terrible. Elle gronde. Les échos de la falaise l'amplifient encore.

— Il faut suivre cette eau, disent les vieux. Elle nous conduira vers un pays plus plat.

Ils longent un moment le bord du gouffre. Mais le rocher s'incurve.

— Nous retournons vers le point où le soleil se lève, dit Sadko. Il faut chercher un passage dans cette montagne qui doit donner naissance à d'autres torrents.

22

Une fois de plus, ils ont levé le camp et repris leur marche. Ils doivent absolument trouver un passage dans ces montagnes énormes ou les contourner. Partout, des amoncellements imposants de rochers et de glaces se dressent. Certains disent :

— Les puissances malignes de la terre ont dressé cette barrière sur notre route. Et cette barrière finira par nous emprisonner. Si nous nous engageons dans la montagne, la montagne se refermera derrière nous. Elle nous écrasera.

Durant plusieurs jours, leur route hésite. Elle piétine. La rogne les divise un moment puis la peur les rapproche.

L'eau rugit partout. Des flots lumineux les poursuivent. Cette eau est glacée et pourtant elle fume. Elle écume de rage. Plusieurs torrents se ruent entre les roches noires où s'écrase la neige de leur courroux. Ici, la nuit griffe le jour et le jour bouscule la nuit.

Un combat de géants se livre au fond de gorges étroites où la lumière ne parvient pas à plonger.

Des vents violents qui semblent naître de la montagne emportent les vapeurs qui montent de toute cette colère. Ce souffle les plaque contre les falaises qui transpirent à ruisseaux.

Un bruit d'épouvante habite ces profondeurs où nulle vie animale n'ose se risquer.

Dans les hauteurs, posés à plat sur des tourbillons de lumière crue, de grands circaètes immobiles se laissent soulever par les courants ascendants. Puis ils glissent lentement, toujours sans le moindre battement d'ailes et disparaissent. D'autres prennent le même chemin qui semble naître de la montagne.

— Si ces rapaces vont dans cette direction, observe Tamar, c'est qu'il y a par terre des proies pour eux. Et s'il y a des proies, c'est que la vie est possible. Proies pour les rapaces : viande pour les hommes !

Plusieurs voix s'élèvent pour approuver :

— Tamar a raison, il faut aller où se tient la vie.

— Mais c'est la direction du sud.

— C'est la direction où se tient la nourriture !

Comme la folie sans cesse recommencée se joue là, ils marchent vers le sud. Il faut fuir ce glacier qui semble l'âme damnée du monde.

Le glacier est prêt à tout écraser. Pourtant, il n'est presque plus rien. Une ombre de ce qu'il a été, mais les hommes ne le savent pas.

Car, durant des millénaires, durant des temps que nul ne peut mesurer, le glacier a recouvert des immensités. Au fil des siècles, il n'a cessé de reculer et d'avancer. Étrange mouvement qui l'a tour à tour poussé de son cœur insondable jusqu'aux rivages d'océans et de mers en formation.

Et là, son recul semble s'être bloqué. Il enferme dans sa poigne un hiver qui transpire sans rien perdre de sa vigueur.

En se retirant, le glacier a creusé des vallées, des gorges, des défilés encaissés, insondables. Il a laissé derrière lui des torrents qui se noient dans d'immenses lacs scintillant au soleil. Des étendues d'eau qui sont comme des croissants de ciel enchâssés dans la terre.

Dans ces vallées, la violence des eaux a charrié des rochers, des sables, des boues. Les falaises attaquées à leur base ont tremblé. Certaines se sont effondrées. Les affouillements ont souvent eu raison de la solidité du roc. Ce sont parfois des montagnes entières que les eaux ont déplacées.

Ces éboulements formant barrage ont çà et là calmé le flot dévastateur. Mais la force de l'eau est telle qu'elle finit par avoir raison de tous les obstacles. Sa furie parvient à bousculer ces blocs qu'elle charrie pour les abandonner plus loin où des sables viendront les recouvrir. Les sources deviennent torrents, les torrents se font fleuves. L'un s'en va vers le soleil levant, l'autre vers la route du plein midi, un autre vers les ombres de l'hiver. Ils deviendront Danube, Rhône ou Rhin car les riverains leur donneront des noms. Ils permettront aux hommes de naviguer. Il arrivera aussi qu'ils les divisent. D'une rive à l'autre, des peuples se combattront. De fleuves qui ne font que porter l'eau indispensable à la vie, naîtront des haines. Et le sang des guerriers rougira souvent le flot tumultueux.

Des pays sont nés de la fantaisie des fleuves.

Ces fleuves ont maintes fois provoqué la colère des dieux. Ces dieux qui habitent la nuit enfermée au plus profond des montagnes. Ces dieux qu'on ne voit jamais, dont la voix fait trembler le glacier. Ces dieux dont le pouvoir est immense ne parviendront pas à imposer la paix aux hommes. Des divinités dont Sadko et les siens sentent très bien la présence, mais dont ils ignorent si elles sont là pour les aider ou leur barrer la route. Des divinités peut-être ennemies de celles qui vivent dans les profondeurs où s'endorment les astres.

Les cavaliers du Baïkal ne savent pas qu'ils vont atteindre le milieu du monde. Ces montagnes d'où les eaux s'en vont dans presque toutes les directions. Ces montagnes habitées par des divinités dont ils ignorent tout et qui sont capables d'autant d'amour et de douceur que de colère.

23

Sadko et les siens sont restés trois jours avant d'oser se risquer dans ces gorges profondes. Ceux que la peur ne clouait pas étaient fascinés. Les vieux disaient :

— Les dieux qui vivent sous ces montagnes de l'éternel hiver doivent être des dieux de haine. L'écume qui tourbillonne ici est pareille à celle qui sort des naseaux d'un fauve enragé. Mais ce fauve de froidure est un géant dont il faut craindre la colère.

Sadko et les plus jeunes n'étaient pas d'accord. Ils répondaient :

— Ces dieux ont une force terrible. Mais pas une force mauvaise. L'eau qui coule de leur gueule doit porter cette puissance et la donner aux êtres qui la boivent.

Et six hommes conduits par leur jeune chef osent un matin approcher de la rive. Dans une crique creusée au flanc de la roche, ils parviennent à descendre et puisent de l'eau. Ils ont l'audace d'en boire. Ils en emplissent des outres et, quand ils remontent au camp en les portant, ceux qui les ont attendus comprennent tout de suite que l'eau qu'ils ont bue leur a donné la force du torrent. Car ils portent sans effort les outres de cuir gonflées et très lourdes. Quand les autres veulent les prendre, ils ont grand-peine à les soulever.

— La force de cette eau la rend pesante, explique Sadko, mais buvez et cette force passera dans votre corps. Elle gonflera vos reins et vos bras.

Les autres se hâtent de boire et les vieux hochent la tête en disant à Sadko :

— Non seulement tu es le meilleur cavalier, le plus intrépide guerrier, le plus courageux de nous tous, mais tu détiens ce qui permet aux hommes de pénétrer le secret des dieux. Nous ne pouvions pas avoir meilleur chef. Reprends la marche, nous te suivrons où tu décideras de nous mener.

Ce matin, ils lèvent le camp. Aucune piste n'est tracée. Ils doivent passer entre des roches énormes sur un sol de pierre et de sable. Le torrent leur souffle au visage son haleine glaciale. C'est l'hiver qui sort de ce glacier et, cependant, l'été est là.

Le cheval de Sadko marche sans hésiter mais, derrière lui, bien des montures et des bêtes de bât renâclent. Il faut toute l'adresse et toute la science des cavaliers pour les pousser vers ces gorges dont l'ombre et les brouillards tumultueux les effraient.

Le jour est au plus haut quand ils débouchent

enfin dans une partie de la vallée qui s'élargit. Le sol porte des traces de passage. Des chevaux, des chèvres sont venus là. Des hommes aussi. Il y a plusieurs places de feu. Des pierres ont été posées en cercles comme si on avait commencé une enceinte. L'herbe pousse. Des buissons bientôt. Encore un long moment de marche et paraissent au loin les premiers arbres. La vallée s'en va vers le couchant. Elle s'élargit mais demeure dominée par de très hautes montagnes dont les cimes sont blanches. Des montagnes qui semblent lourdes de menaces.

— Cette rivière si forte nous mènera à la grande eau du crépuscule, annonce Sadko.

Le soleil est déjà très bas quand ils s'arrêtent et décident de dresser les tentes.

La rive où ils les plantent monte lentement. Ils se tiennent à plus de trente pas du torrent. En progressant jusqu'au pied des premières roches, les femmes parviennent à trouver assez de bois pour allumer de petits feux et cuire la viande. Ils mangent en silence. La fatigue les domine et le rugissement des eaux les oblige à parler très fort. À leur fatigue, s'ajoute une sorte de langueur qui semble venir du bas de la vallée. C'est qu'un vent chaud s'est levé en aval. Venu de très loin, il pousse ses vagues jusque-là. Ce sont comme d'épais soupirs qui s'engouffrent sous les lourdes toiles où les dormeurs suffoquent. Les deux factionnaires que Sadko a placés, l'un en amont, l'autre en aval, somnolent un peu.

Cette nuit ne ressemble à aucune autre.

Après un moment, les étoiles et la lune se

voilent puis disparaissent. D'énormes nuées lourdes envahissent le ciel. On dirait qu'elles pèsent sur les sommets où leur ventre se déchire. Une menace est là, mais pleine de mystère. La voix du torrent continue de couvrir celle du vent pourtant de plus en plus violent et de plus en plus chaud. Déjà l'eau monte. Les glaces se sont mises à fondre plus vite. Soudain, la foudre illumine la gorge. Le glacier pétille comme un brasier. La voix énorme du tonnerre roule entre les falaises. Sous les tentes, les enfants hurlent. Les femmes crient. Des hommes lancent des ordres.

Le ciel crève.

La pluie crépite contre les roches. L'eau dévale des montagnes à la rencontre du flot qui monte des profondeurs. En quelques instants, les yourtes de peau sont renversées, écrasées, des cascades se forment qui se ruent vers le torrent. Des formes se meuvent sous les tentes alourdies et malmenées par le vent. Déjà le ruissellement charrie des objets, des vêtements, des armes. Un enfant est emporté qui hurle et se débat. D'autres sont arrachés aux roches auxquelles ils tentaient de s'agripper. Les chevaux hennissent et rongent leurs liens pour fuir. Leur instinct les pousse vers l'aval où des terres en pente douce sont encore hors de l'eau. Tout cet énorme remuement fou est éclairé par la foudre qui ne cesse de déchirer les nuages. Son vacarme ajoute à l'angoisse.

Sadko aussitôt dehors s'est mis à crier :

— Navra ! Navra !

Mais son cheval parti parmi les premiers est déjà trop loin pour l'entendre. Alors le chef se précipite vers le rivage pour sauver un enfant qu'il lance à une femme en hurlant :

— Montez ! Montez vers la roche !

Et il continue de descendre pour sauver d'autres enfants que l'eau entraîne. Ce n'est plus le ruissellement de la pluie qui les tient, c'est le torrent qui emplit les gorges. Des vagues énormes se lancent à l'assaut des roches. Il ne reste déjà presque plus rien du campement.

Roulé par un tourbillon, assommé contre la rive, le jeune chef est emporté à son tour.

Presque plus rien n'émerge de la rive où l'on pouvait marcher. C'est entre deux parois de roche que déferle le fleuve déchaîné. La terrible voix des dieux du glacier emplit la vallée. Elle déborde des montagnes et monte à la rencontre du vent et des éclairs.

Quand la pluie cesse de tomber, quand la foudre s'arrête, une nuit opaque écrase le monde.

24

Sadko ouvre les yeux. Une aube de cendres et de sang l'éblouit. Il lève la tête et une douleur lui arrache un juron. Sa nuque est raide. Sa main droite se porte au sommet de son crâne où elle palpe une bosse énorme. Ses doigts sont poisseux de sang.

Soudain, tout lui revient d'un bloc. La pluie, là foudre, le torrent. Il crie :

— Rotchka ! Rotchka !

Mais sa voix est sans force. Surmontant sa douleur, il parvient à s'asseoir. Il regarde autour de lui. Le torrent. Des rochers. Une plage de boue jaune et noire. Un banc de caillasse contre une roche. C'est là qu'il est coincé.

Se tournant sur le côté, Sadko parvient à se mettre à quatre pattes et à se dresser. Tout tourne. Le ciel bascule, les montagnes prises de folie se mettent à danser en ondulant comme brodées sur du tissu. Sadko retombe à genoux et reste un bon moment immobile à regarder partout en appelant d'une voix toujours éteinte et qui ne porte pas à trois pas :

— Rotchka ! Rotchka !

Puis, de la même voix faible, il appelle :

— Navra ! Navra !

Il a la tête encore bourdonnante, mais il est assez lucide déjà pour savoir que, si son cheval l'entend, il est sauvé. Mais ses forces le trahissent et il doit se coucher pour les laisser se reformer en lui. Quand il voit que la montagne est plus stable, il s'agrippe au rocher pour se remettre sur pied. D'une voix plus forte, il crie :

— Navra !

Il se tait. Un bruit de sabots vient de l'aval.

Au ras de la falaise, un cheval approche au petit pas. Méfiant. Tout de suite, Sadko le reconnaît. Il lance :

— Navra ! Viens ! Viens !

Et il contourne la roche en agitant le bras. Le voyant, le grand tarpan prend le galop et, bondissant par-dessus les blocs de roche, il fonce vers son maître.

— Navra. Tu es là, mon beau. Tu es comme ton frère qui m'a sauvé la vie.

Et Sadko embrasse cette tête qui se pose sur son épaule. Se reculant d'un pas, il regarde son cheval qui saigne à la cuisse, au flanc gauche et à l'épaule.

— Toi aussi, le torrent t'a roulé contre les rochers. Mais tu es vivant. On va chercher les autres.

Plus de selle, plus de bride, plus trace du moindre harnachement. Rassemblant ses forces, Sadko parvient à se hisser sur son cheval dont il flatte l'encolure.

— Allez, mon beau. Il faut trouver les autres.

Le tarpan va au pas dans les éboulis. Le sol est couvert de limon. Le fleuve est monté très haut. Coincé sous une roche, un corps d'enfant. Sadko se laisse glisser de sa monture. Il retourne ce petit corps nu. La fillette a le visage en sang. Une plaie. Méconnaissable. Sadko hésite. Il y a là assez de pierres pour recouvrir ce corps. Il le fait parce qu'il se sent responsable de cette mort, mais il sait que c'est inutile. La prochaine colère des eaux peut tout balayer d'un coup.

Dès qu'il a fini, il repart. D'autres corps sont là et Sadko hésite. Que peut-il faire? Il se sent faible. Sa tête est lourde et tout continue de vaciller. L'univers semble flotter dans une sorte de vapeur où la lumière danse. Sadko s'assied sur un bloc et regarde ses pieds nus. Il n'a plus de bottes. Seulement ses vêtements de cuir déchirés en plusieurs endroits. Il lui reste son couteau de chasse. Rien d'autre. Il va se décider à repartir lorsqu'il perçoit une plainte. Il tend l'oreille. Il se lève et crie :

— Oh!... Oh!

L'écho va de falaise en falaise comme emporté par le bruit du fleuve. Sadko appelle encore et la plainte monte de nouveau. Elle vient de plus bas. Navra qui l'a entendue aussi lève la tête et flaire le vent en émettant un ronflement qui n'est pas un vrai hennissement.

— Allez, mon beau. Faut trouver.

L'homme se lève et suit son cheval qui se dirige vers la rive. Il y a là un amas de rochers et Sadko découvre plusieurs corps. Trois femmes, un homme et quatre enfants. Ils sont coincés entre des blocs énormes. Le tarpan contourne ce barrage qui avance dans les eaux en partant de la rive. La plainte se fait entendre de nouveau. Le cheval piétine des buissons couverts de limon et avance vers un rocher contre lequel le flot a plaqué des herbes et des branchages. La plainte vient de là. Sadko se laisse glisser dans la boue et avance en écartant les branches. Un enfant est allongé qui serre à pleins bras le corps d'une femme. Sadko les reconnaît tous les deux. Le garçon qui doit avoir sept ou huit ans se nomme Yourk. Il a plusieurs fois chevauché avec Sadko. Il saigne du front et de la pommette gauche. Ses mains sont crispées sur le cuir de la robe. Il ne parvient pas à prononcer un mot. Seuls des gémissements coulent de ses lèvres avec un peu de salive où se mêle du sang. Sadko le prend doucement. L'enfant gémit plus fort.

— Ne crains rien, mon petit. Tu me connais.

Le regard semble vide. Habité seulement d'une immense frayeur que la vue de Sadko ne semble pas apaiser.

Le chef reprend sa marche, portant l'enfant qui se calme peu à peu. D'autres corps sont là. Chaque fois, Sadko se baisse et s'assure qu'ils sont morts avant de s'éloigner, suivi par son cheval. Dans des fourrés, il trouve Sorski assis et qui crie :

— Chef ! Je suis là... ma jambe...

Sadko pose le petit Yourk et s'accroupit. Le genou gauche du jeune chasseur est très enflé et violet. La main de Sadko se fait douce pour palper.

— Mal ?

— Oui.

— Peux-tu marcher ?

— Aide-moi à me lever.

Sadko lui a à peine empoigné le bras que Sorski se dresse en serrant les dents sur sa douleur. Son œil noir pétille soudain. Il sourit.

— Je me croyais tout seul. Foutu... Et les autres ?

Le chef montre l'enfant et dit :

— Tu vois, nous sommes trois.

— Il y a pas longtemps, j'ai entendu crier. Et j'ai aussi entendu des chevaux. J'ai appelé, mais rien n'est venu.

— Tu vas monter sur mon cheval et tu prendras le gosse.

— Je peux marcher.

— Monte !

Posant ses mains sur le dos du tarpan, le garçon s'enlève d'un coup, mais ne peut retenir un gémissement.

— Tu vois, tu souffres.

— C'est rien, chef !

Ils repartent. Sadko va devant. Le souffle tiède de son cheval est constamment sur sa nuque. C'est une présence qui aide beaucoup. Souvent, Sadko se retourne pour regarder Sorski. Au bout d'un moment, le garçon dit :

— Le gamin s'est endormi.

— Tu es certain qu'il dort. Il n'est pas mort ?

— Non, sa main serre mon doigt.

Alors que Sadko s'est engagé dans un roncier où il a cru voir remuer, une plainte lui arrive qui semble monter du rivage invisible. Tout de suite son cheval presse le pas. Il bouscule les buissons et descend droit dans la direction d'où est partie cette voix qu'il a certainement reconnue. Sadko se hâte de suivre son cheval. Le tarpan, plus rapide que lui, s'est approché du rivage. Il s'arrête et lance un hennissement en saluant de la tête. À trois pas de l'eau qui court limpide sur un fond de caillasse, Tamar est couché. Sadko se précipite.

— Tamar ! C'est moi. Regarde-moi.

Le gros ouvre les yeux. Une grande peur habite son regard qui fouille l'espace où il a l'air de se perdre. Sadko passe sa main sous la nuque de son ami et, tout doucement, il soulève sa tête.

— Tamar, tu me reconnais ?...

Le gros gémit et essaie de se soulever sur un coude. Sa manche gauche est déchirée et du sang coule de son bras. Son visage aussi est ensanglanté.

— Essaie de te lever.

Sadko l'aide et parvient à le mettre debout contre le rocher où il s'appuie.

— Tu as de la chance. Tu as tes bottes, toi.

Tamar regarde tout autour d'eux et, d'une voix d'enfant effrayé, il demande :

— Les autres ?

Le chef fait un mouvement de la tête et soupire :

— Tu vois, j'ai trouvé ces deux-là.

Tamar lève la tête mais on dirait qu'il ne voit rien.

— Tu peux marcher ?

Tamar fait un effort et, s'appuyant au flanc du cheval, il essaie quelques pas. Il boite, mais il marche.

— Les autres chevaux ne sont sûrement pas morts. Ils ont dû fuir vers l'aval.

— Et les femmes ?

— Rien.

Sadko se raidit contre la douleur. Il aide son ami et, en même temps, il regarde le monde qui se dresse dans une lumière étrange. Un combat entre les vapeurs montant du fleuve et la clarté du soleil qui cherche à percer jusqu'au plus secret de ces gorges. Toujours ce bouillonnement des eaux.

— On ne peut rien pour les morts.

Dans l'œil de Tamar : une lueur d'effroi. Il balbutie :

— Les morts.

— Oui.

Ils se regardent. Ils lisent tous les deux la peur dans le regard de l'autre. Un long moment passe durant lequel ils vont lentement, scrutant tout autour d'eux. Après un temps, Tamar s'arrête :

— J'ai voulu sauver une fille. Je suis allé vers la rive. Trop près de l'eau qui montait.

Sadko ne dit pas qu'il a fait la même chose, il murmure simplement :

— Le petit a faim.

Ils reprennent leur marche et, dès qu'ils voient un cheval mort, sans avoir à se consulter, ils s'en approchent. Sadko se baisse et sa main palpe le cou de la bête allongée à quelques pas de l'eau.

— Il n'y a pas longtemps qu'il est mort.

Assez loin de la rive, poussent des saules nains. Sadko tire son couteau qu'il tend à son ami.

— Tiens, commence.

Il prend l'enfant puis il aide Sorski à descendre. Il s'éloigne avec Navra qu'il conduit jusqu'à un bouquet de saules. Le cheval se met à manger ces pousses tendres. Sadko le flatte un moment des deux mains avant de se décider à rejoindre les autres. Le gros et le garçon ont taillé dans la cuisse du cheval. Et ils mordent la chair rouge. Entre deux bouchées, Tamar dit :

— C'est le cheval de Katchi.

— Je vois.

— Katchi était vieux. Son cheval aussi.

La poitrine de Sadko se gonfle d'un énorme soupir. D'une voix étranglée, il dit :

— Vieux. Bien sûr. Mais les enfants. Tout est arrivé par ma faute.

Le gros ne répond pas. Il coupe une tranche de viande qu'il tend à Sadko.

— Mange. Faut des forces... Faut chercher les autres.

Sadko soupire encore et se décide à manger. Il mâche une bouchée et se penche vers l'enfant que Sorski a couché sur le sol mouillé et qui dort toujours.

— Faut qu'il mange.

Doucement, il secoue le petit qui ouvre les yeux et gémit. Sadko mâchouille un morceau de viande puis l'appuie contre la bouche qui s'ouvre tout de suite. Le regard du petit s'éclaire. Il suce la viande puis il se met à manger. Tandis que Tamar le soutient, Sadko continue de lui donner de la viande d'où le sang coule.

— Faut qu'il boive.

Ils portent l'enfant sur la rive et Sadko prend dans sa main cette eau glacée. Le petit boit. Lentement d'abord, puis plus vite.

— Pas trop, dit Tamar.

— On dirait que ça lui redonne vigueur.

À présent, ils sont tous les trois penchés sur cet être fragile. Ils scrutent son visage et surtout son regard où la vie revient peu à peu.

Quand l'enfant cesse de boire, un sourire se dessine sur ses lèvres. Il souffle :

— Manger... Manger...

Une lueur qui n'est pas encore de la joie éclaire le visage des trois hommes.

25

Plein du jour. Le soleil noie la vallée qui s'est élargie depuis que les hommes et le cheval ont commencé de marcher. Tout a changé. Le fleuve a reçu d'autres eaux. Il gonfle ses muscles luisants. Une bête énorme. Un dos bosselé qui remue comme habité de forces inquiétantes. Les hommes le regardent, puis ils s'interrogent des yeux. Entre ces hautes montagnes bleues et blanches qui scintillent, sous ce ciel d'une limpidité de cristal, la mort reste présente. Et pourtant, la joie coule. Elle vole. Elle chante. Car le sol porte une épaisse toison où il faut à présent trouver des passages. Le tarpan les découvre. Il progresse à grands coups de poitrail dans des fouillis d'où s'élèvent des vols d'oiseaux inconnus. Par moments, le taillis est tellement touffu que c'est à peine si les hommes voient encore miroiter le torrent. Même sa voix est étouffée par l'épaisseur du feuillage.

Sadko s'arrête. Il coupe une branche souple. Il en fend la plus grosse extrémité en deux et, dans cette sorte de pince, il engage un galet large comme sa main. Il reprend sa marche. En un endroit où la végétation est plus courte, il passe en tête. Navra qui déteste ne pas être le premier le suit, les naseaux sur sa nuque.

Un vol de lourdes perdrix rousses s'élève soudain à quelques pas. Le bras de Sadko décrit un large geste très rapide. La pierre part et un oiseau tombe.

Les hommes se précipitent et, dès qu'ils l'ont trouvé, Sadko le partage en trois. D'une main habile, ils sortent les boyaux qu'ils jettent et se mettent à mordre à pleine gueule dans les chairs. Les os tendres craquent sous leurs dents. Ils en crachent les plus gros morceaux et dévorent le reste avec la viande tiède encore palpitante de vie. Sans même prendre le temps d'arracher le duvet, seulement les plus grandes plumes. Le sang leur coule sur la barbe et sur les mains. Un sang riche qui donne des forces. Ils ont vainement tenté de réveiller l'enfant qui dort recroquevillé sur l'herbe.

Le cheval broute des ronces. Il a pour les arracher les mêmes mouvements violents que les hommes pour arracher la chair.

Nul ne dit mot. Seuls leurs yeux parlent. Des yeux de plus en plus luisants où s'allume le feu d'un renouveau de vie.

Quand ils ont tout mangé, ils lèchent leurs mains puis Tamar constate :

— Tu es le plus adroit.

— La faim aide beaucoup.

Sadko a ramassé une autre pierre plate qu'il coince entre les deux lames de bois. Ils reprennent leur marche. Comme une trouée se dessine sur leur gauche, ils s'y engagent. Ils n'ont pas besoin de parler pour savoir ce qu'ils veulent. Aussitôt à la rive, ils se couchent à plat ventre et ils mordent dans la chair du fleuve comme ils ont mordu dans celle du cheval et dans celle de l'oiseau. Le tarpan fait comme eux. Et, quand il relève sa grosse gueule ruisselante, il s'ébroue. Ses lèvres émettent une espèce de rire épais. Un large souffle de vie.

— Il aime cette eau, se réjouit Sorski.

Sadko ne répond pas tout de suite. Il s'agenouille. Sa barbe ruisselle sur le cuir de son vêtement. Il observe un moment le flot qui noue et dénoue ses remous et vient lécher la berge où frémit une écume blanche.

— Cette eau, dit-il lentement, porte la mort des nôtres.

Il hésite encore et finit par ajouter d'une voix profonde qui tremble un peu :

— Et cette mort retombera sur moi.

Comme Tamar veut parler, il l'en empêche.

— Cette mort retombera sur moi car, s'ils ont été pris par ce torrent, c'est pour m'avoir suivi. Ils sont morts loin du Baïkal et sans avoir atteint la grande eau dont ils rêvaient.

Ils reprennent leur progression vers l'aval mais en suivant la rive qui est plus aisée. De longues plages de sable et de galets. Des arbres de plus en plus gros et, de distance en distance, des entassements de roches dont le corps s'allonge parfois vers le large, repoussant contre l'autre rive les eaux toujours courroucées. Ils vont en scrutant les roches. Ils n'en parlent pas mais ils cherchent des yeux les corps des humains et des bêtes.

Ils viennent de longer un coude assez ample du fleuve. Là, le courant semble ralentir. Une langue de terre et de graviers avance vers le large. Elle est couverte de buissons. Le sol a été piétiné. Ce ne sont pas des traces d'animaux. Là encore, Sadko s'engage le premier. Une sente sinue entre les arbres et les buissons. Au moment où ils débouchent au grand soleil de l'autre côté, des cris leur parviennent. Trente guerriers au moins sont là qui, en quelques instants, les entourent. Ces hommes blonds aux longues moustaches parlent une langue que ceux du Baïkal ne comprennent pas. Sadko n'a pas porté la main à son couteau. Au contraire, il fait des gestes de paix et s'efforce de sourire. Un guerrier qui doit être le chef lui fait signe de le suivre. Le cercle s'ouvre. Les hommes et leur cheval passent. Celui qui leur a fait signe marche en direction de la rive, là où une sorte de barrage naturel retient les eaux. Le cours est plus lent mais on entend le bruit d'une cascade. Dès qu'ils sont à proximité, Sadko et son ami découvrent ce que l'homme blond veut leur montrer; coincés contre ce barrage, au moins dix corps sont là : femmes, enfants, hommes et chevaux. Il y a même deux chiens.

Sadko murmure :

— Ce fleuve est un démon. Personne ne lui résiste. Il tue même les chiens qui savent pourtant nager dans les eaux de colère.

L'entendant, l'homme blond tend le bras vers l'est et demande :

— Là-bas ? Soleil ?

Sadko ne comprend pas les mots mais saisit le geste. Il fait oui de la tête et, tout de suite, le chef blond se tourne vers ses hommes et parle très vite. Un soldat part en courant. Il s'éloigne de la rive et va vers le bois. Le suivant des yeux, Sadko voit des fumées qui montent de cette forêt.

Le guerrier revient bientôt, mais il ne court plus. Il est accompagné par un petit vieillard boiteux. Aussitôt là, le vieux dont la barbe blanche couvre une partie de la poitrine salue Sadko et Tamar dans leur langue. Il explique qu'il est marchand et que, dans sa jeunesse, il est allé plusieurs fois jusqu'au fond de la Sibérie. Il désigne les cadavres drossés à la digue.

— Avant de les voir, je savais que des gens de ton pays étaient venus.

— Comment le savais-tu ?

Le vieux hoche la tête et, posant sa main maigre et ridée sur le flanc de Navra qui se tient contre son maître, il reprend :

— Il y en a quatre comme lui, là-bas. Je les connais. Je sais d'où ils viennent. Tarpans des steppes. Blessés mais bien vifs.

Son œil bleu s'éclaire et son regard désigne un instant le chef et les guerriers.

— Ils sont bons cavaliers. Mais pas un n'a pu les toucher.

Il interroge Sadko qui lui explique d'où ils viennent exactement et qui ajoute :

— Nous ne voulons faire aucun mal... tout perdu. Tout.

Le vieillard a un regard en direction des corps puis, avec un sourire, il tourne la tête vers le bois d'où montent des fumées. D'une voix douce, il explique :

— Beaucoup de morts, mais pas tous... Chez nous, des vivants. Blessés mais comme les tarpans : encore vifs.

— Des gens à nous ?

— Oui. Trois femmes et deux hommes et deux enfants. Viens voir.

Ils se hâtent vers cette forêt où ils pénètrent par une sente dont on voit qu'elle est assez ancienne.

— Là, explique le vieux, on vient chasser. Le gibier aime l'eau du Rhône. Elle est fraîche toujours. Même par les fortes chaleurs.

Sadko pense immédiatement à Rotchka. Il voudrait courir, mais il s'impose de suivre son guide.

Ils arrivent à une clairière où trois feux sont allumés. Du gibier cuit sur des pierres plates. À côté des foyers, les rescapés sont couchés sur des peaux. Il y a là Maneck, la mère de Rotchka. Sadko ne dit rien. Il s'accroupit à côté d'elle. Elle hoche la tête. Deux larmes coulent sur ses joues ridées et sa tête va lentement de gauche à droite. La tête de Sadko répond par un même mouvement. Il prend dans la sienne la main de Maneck. Au moment où il la soulève, une larme tombe sur cette peau tannée aux veines saillantes. Il est incapable de prononcer un mot. Entre deux sanglots, Maneck réussit à dire :

— Je suis vieille. Ma fille était jeune.

Elle ferme les yeux et Sadko repose doucement sur la poitrine de Maneck cette main où le sang s'est arrêté de battre.

Quand Sadko se relève, le vieux qui se tenait derrière lui hoche la tête et dit :

— On ne peut pas laisser vos morts comme ça. Il faut les rendre au fleuve. Il les portera vers la grande eau profonde. Quand le Rhône qui est un dieu a pris une vie, c'est une offrande. Elle lui appartient. Il la donne à la grande eau et c'est le meilleur tombeau car la grande eau ne rend jamais les corps.

Sadko et Tamar se regardent en silence. Le vieux a dû comprendre car il dit :

— Vous avez perdu ceux que vous aimez. Laissez-les au fleuve. Le fleuve vous aimera et il leur donnera une autre vie.

Dans sa langue, il parle au chef qui lance un ordre. Aussitôt, des soldats, prenant de longues perches de bois, vont sur les rochers et se mettent à décoincer les corps qu'ils poussent au large. D'autres ont emporté Maneck et un enfant qui vient de mourir. Lentement, le courant les mène vers l'extrémité des enrochements. Là, toute la force du fleuve les empoigne et les roule. On les voit tournoyer dans les remous puis filer vers l'aval dans la lumière qui embrase cette eau.

Tamar et Sadko demeurent silencieux. D'où ils se trouvent, ils ne peuvent pas reconnaître ces cadavres. Ils ne cherchent pas à s'approcher davantage. Ils savent que leurs parents et leurs amis sont là. Ils les regardent s'en aller vers la grande eau où, chaque soir, se noie le soleil. Cette eau sans bornes qu'ils ont tant rêvé d'atteindre un jour. Et Tamar soupire :

— Ils la connaîtront avant nous. Qu'elle leur soit douce !

26

Ils ont mangé les viandes que les Helvètes qui les ont secourus ont fait cuire. Ils ont bu avec eux le vin qui leur était inconnu et qui a fait couler en eux une force étrange. Une chaleur qui s'accorde à celle du soleil. Pendant qu'ils mangeaient, le cheval de Sadko est allé brouter le long du bois. Il est revenu avec un autre étalon et trois juments. Tous sont blessés mais pas gravement. Sont arrivés aussi sept de leurs chiens qui se sont jetés comme des fauves sur les os et les ventrailles de gibier. Il y a eu une bataille entre ces chiens des steppes qui ressemblent à des loups et ceux des Helvètes, plus gros, au poil noir et roux touffu. De belles bêtes solides mais moins féroces que les chiens des steppes. Et moins portés sur la bataille.

Les Helvètes étaient venus là avec deux chars pour emporter le produit de leur chasse, ils y ont chargé les blessés sur un lit d'herbes et ils ont pris la piste en direction du couchant. Une piste sinueuse et malaisée. Quatre longues journées à suivre presque sans s'en éloigner la rive de ce fleuve bondissant et écumeux. Navra et les autres tarpans ont souvent montré de l'impatience à marcher si lentement, mais les chars avaient parfois bien du mal à passer.

La nuit est déjà là quand le vieux, dont le nom est Dolvidix, annonce à Sadko qui chevauche à sa droite :

— Cette fois, nous arrivons... mais la brume va t'empêcher de rien voir.

Depuis un moment, un brouillard épais vient à leur rencontre. Il roule par vagues lourdes que la clarté de la lune a longtemps nappées d'argent. La couche est telle que c'est dans une obscurité presque totale que les chevaux avancent. Une étrange lueur glauque permet à peine aux cavaliers de deviner la forme vague qui les précède. Le vieil Helvète dit :

— C'est la respiration du Léman. Tu sens comme elle porte une bonne odeur d'eau ?

— C'est la grande eau ? demande Sadko qui pense toujours à l'océan dont ils ont tant parlé.

— C'est la grande eau, dit l'homme.

— Celle où le soleil s'endort ?

Le vieux est surpris. Il ne répond pas tout de suite. Ayant réfléchi, il dit :

— Le soleil se couche derrière les monts Jura. C'est son reflet qui plonge dans le Léman.

Sadko ne comprend pas, mais il ne pose plus de questions. La fatigue et la tristesse lui imposent silence.

Bientôt les chevaux piétinent dans la boue. Il y a de curieux bruits. Des lueurs à peine perceptibles rougeoient dans le brouillard. Des voix de femmes se font entendre qui semblent ouatées. Des cavaliers crient.

— Nous y sommes ! annonce Dolvidix.

Des bruits de vagues et de bois heurtés font comprendre que des gens sont en train d'aborder avec des embarcations. À Sadko qui descend de son cheval, le vieil Helvète dit :

— Les chevaux sont bien, ici. Il y a une barrière. Et ils ont du fourrage en abondance.

Épuisés, Sadko, Tamar et le jeune Sorski se laissent conduire. Ils pataugent quelques enjambées pour prendre pied dans une longue barque très stable. Sadko demande :

— Et les autres ?

— Ne t'en fais pas. Ils vont être bien soignés. Des femmes les prennent chez elles. On ne peut pas loger tout le monde au même endroit.

Un homme pousse la barque avec une longue perche. L'eau invisible doit être calme. Des ombres hautes passent dans l'épaisseur de la brume. L'odeur de limon et de poisson est très forte. S'y mêlent l'haleine de feux de bois et des senteurs de viandes grillées qui aiguisent la faim. La barque bute contre un poteau puis le longe avec un raclement rugueux. D'autres bruits semblables viennent de cette nuit où coulent quelques reflets mouillés. Sadko devine une construction qui domine. Au-dessus d'eux, s'avance la lueur d'une torche qui troue le brouillard. Un visage se penche et une voix de femme prononce quelques mots qu'il ne comprend pas.

Dolvidix répond dans cette langue curieuse qui

lui semble plus rocailleuse que la sienne puis, prenant un piquet, il se hausse.

— Regarde... Il faut monter là.

Sadko empoigne le bois humide et froid. Son pied touche le premier barreau d'une échelle verticale où il monte vers la clarté de la torche qu'une femme tient en tendant son bras vers le large. Une main lui saisit le poignet. Une main douce et chaude. C'est bon, cette tiédeur de vie après ce froid visqueux. Il prend pied sur un sol de rondins juxtaposés aussi froid et mouillé que le plancher du bateau. La main le tire en direction d'une ouverture où palpite une lueur, puis elle le lâche. Il avance seul. Un tissu épais pend qu'il écarte. Il ne voit tout d'abord qu'un brasier d'où une fumée monte droit vers un toit où il devine un trou. Ce feu semble se trouver au centre d'une demeure dont les parois sont noyées dans la pénombre. L'odeur est très forte. Elle prend à la gorge. Sadko regarde vers le haut. La fumée ne sort pas directement. Une sorte de plafond suspendu rabat la chaleur et les étincelles de telle manière que la fumée court sur les côtés où un remous se forme avant qu'elle ne soit aspirée vers un orifice invisible. Des bûches, un billot, des récipients en terre sont là. D'un recoin d'ombre vient un gémissement. Une forme remue au moment où Tamar entre, suivi par une femme et par Dolvidix qui la désigne :

— C'est ma fille : Valina.

Son bras se lève en direction de la forme qui a gémi de nouveau avant de s'immobiliser.

— Ma femme. Elle peut plus bouger.

Tandis que Valina se penche vers le foyer où elle pose une grille, l'Helvète demande :

— Chez vous, vous n'avez pas des maisons sur l'eau ?

— Non.

— Là, tout le village est sur l'eau. Tu verras ça demain. Seuls les vaches et les chevaux sont sur la terre. Les pères des pères de nos pères ont construit de cette manière pour être plus en sécurité.

Comme Tamar se met à tousser, le vieil Helvète dit :

— Faut vous asseoir. La fumée est en haut.

Il s'assied sur le sol, les jambes croisées. Les deux cavaliers du Baïkal l'imitent. À cette hauteur, il n'y a pas de fumée. Il fait bon. La chaleur du foyer les enveloppe. Le feu se trouve sur une large plaque d'argile lutée qui l'isole du plancher. La jeune femme vient de sortir d'une jarre des tranches de viande ruisselantes d'huile. Elle les pose sur la grille et, aussitôt, un pétillement emplit l'espace. Des petites flammes montent et lèchent la viande. Une bonne odeur se répand. Le vieux parle dans la langue des Helvètes, sa fille va chercher dans la pénombre une jarre de terre cuite qu'elle tend à son père. Le vieil homme boit longuement puis passe la jarre à Sadko.

— Prends. C'est le vin de notre terre. Demain, tu verras où pousse la vigne.

Le vieux hésite un peu avant d'ajouter :

— Je sais bien que vous êtes dans le deuil. Mais il faut vivre. Et notre vin vous fera couler dans le corps la chaleur du soleil et la lumière du lac.

Sadko prend le lourd récipient et le lève. Il boit à deux reprises. Le vin lui paraît meilleur. Comme s'il avait deviné ce qu'il éprouve, l'Helvète sourit et hoche la tête.

— Tu verras, dit-il, il faut s'habituer. La première fois, personne n'aime vraiment. Mais au fil des jours, on y prend goût.

Sadko passe la jarre à Tamar qui boit à son tour. Lui non plus ne porte guère de joie en son cœur mais, à mesure qu'il boit, son regard s'éclaire comme si le reflet du foyer se mettait à vivre en lui.

Le vieillard s'est levé. Il reprend le récipient et va le poser dans un coin d'ombre d'où il revient avec deux couteaux à longue lame. Il en pose un devant Tamar et l'autre devant Sadko. Il regagne sa place avant de dire :

— Pour vous.

Les deux cavaliers se regardent puis regardent encore leur hôte avant de s'incliner pour empoigner les couteaux qu'ils examinent.

Jamais encore ils n'ont vu pareilles armes. Tous les couteaux qu'ils ont sont des lames de métal emmanchées de corne, d'os ou de bois. Là, le manche est en bronze travaillé. Celui que tient Sadko représente un corps de femme autour duquel est lové un reptile. Celui de Tamar est une biche que son galop allonge démesurément. Comme ils regardent de nouveau le vieil homme, celui-ci hoche la tête en souriant.

— C'est moi qui les ai faits, dit-il. Je coule le bronze. Je vous montrerai.

Valina vient de retirer du feu la grille où a cuit la viande. Elle la pose sur le sol devant les hommes. Puis elle va chercher dans un coin d'épaisses galettes brunes qu'elle leur donne en parlant d'une voix douce.

— Elle vous dit de prendre. C'est elle qui a moulu l'épeautre et qui a pétri la pâte. Elle a cuit ce matin, sur la cendre de la nuit. C'est mon oncle, le grand Sauter, qui lui a appris à faire le pain.

Les hommes mangent tandis que la jeune femme, debout près du foyer, les regarde en souriant.

La viande de bœuf est très juteuse. Elle a le goût des herbes que Valina vient d'émietter sur chaque tranche. Le regard du vieux pétille tandis qu'il dit :

— Ça aussi, c'est de notre terre.

27

Quand Sadko émerge d'un sommeil que le vin a alourdi, tout est silencieux. Le feu doit être éteint car aucune lueur ne vient du centre de la pièce. Du côté de l'entrée, la toile pendue qui ferme mal laisse couler une clarté laiteuse. L'homme hésite un peu puis, sans bruit, il écarte les peaux et les tissus qui le couvrent. Il se lève. Le sol de bois est glacé sous ses pieds nus. Lentement, il se dirige vers la porte. Au moment où il passe près de la place du feu qui se devine à peine, il sent monter une tiédeur. Il s'arrête et se baisse. Sa main se pose sur les cendres encore chaudes. Il demeure un moment ainsi, pieds et mains pénétrés par cette bonne chaleur. Du côté de l'entrée, la clarté grandit et Sadko s'avance pour écarter le rideau. Il va voir enfin l'eau qu'ils ont tant espérée.

La brume épaisse semble s'enfoncer dans la nuit sur sa droite mais, à gauche, elle se colore de rose. Au pied des poteaux qui supportent le plancher, de petites vagues clapotent. Des foulques et des canards dorment sur la houle. Sadko fouille du regard cette immensité invisible. Cette eau dont il pense qu'elle n'a pas de limites. Quels sont les dieux qui vivent là ? Ont-ils le même pouvoir que ceux du Baïkal, ceux de la taïga et ceux des steppes ?

Soudain, Sadko frissonne. Un souffle froid vient de l'envelopper. Ce vent coulant du nord creuse des sillons dans la brume où se dessinent de larges mouvements. Des oiseaux s'envolent. On les devine à peine mais leurs cris sont très présents. Des gouffres violets s'ouvrent dans le brouillard au ras des eaux tandis que, sur la gauche, grandit une flamme d'or qui embrase les hauteurs. La bise qui prend de la gueule soulève des nuées où se mêlent en larges remous les ombres et les clartés. Sadko regarde partout. Il cherche cette immensité promise et, soudain, une déchirure plus large et plus profonde découvre des montagnes d'or et de cendres. L'eau n'est pas sans limites. Elle est moins vaste que le Baïkal. Partout où la brume s'effiloche, où le jour lacère les restes de nuit, des sommets apparaissent. Certains se dressent très haut sur le ciel où la clarté grandit.

Sadko ne comprend pas. À présent, toute l'eau est encerclée de terres. Partout où se porte son regard, il bute contre des monts et des forêts. Il va se décider à rentrer quand le plancher vibre. Une main se pose sur son épaule. La voix du vieil Helvète demande :

— Es-tu reposé, mon fils ?

Sadko fait oui de la tête puis, se tournant vers son hôte, il demande où se trouve la grande eau.

Le vieux sourit. Sa main se lève en direction du large.

— Tu ne la vois pas ?

— Mais il y a des montagnes. Cette eau est beaucoup plus petite que le Baïkal. Tout de même, on ne peut pas appeler ça la grande eau. Ce n'est pas là que peut plonger le soleil. Ce n'est pas de cette eau que peut monter la nuit !

Il faut longtemps pour que le vieillard comprenne ce que les gens du Baïkal sont venus chercher. Son visage se plisse de mille rides. Son œil clair sourit tandis qu'il dit en baissant la voix :

— Tu es arrivé au bon moment. Nous allons bientôt nous mettre en route. Ici, nous n'avons pas assez de terres. Les vivres vont nous manquer.

— Vous allez partir ?

— Oui. Le plus grand de nos druides, Orgétorix, avait décidé. Le vieux Divico qui a combattu les Romains dans sa jeunesse sera notre guide. Il connaît le pays où le soleil s'endort.

Sadko demeure quelques instants cloué de surprise. Son regard va de ce lac qu'il découvre au visage du vieil homme qui continue d'expliquer :

— Depuis bientôt deux ans, nous préparons notre expédition. Nous avons semé et récolté, nous avons fabriqué des chariots, élevé des chevaux et du bétail. Nous avons forgé des armes et des outils...

— C'est une grande armée qui va partir ?

Dolvidix se redresse et respire profondément. On dirait qu'il veut gonfler sa poitrine de toute cette clarté qui ruisselle sur le Léman. D'une voix forte, parlant lentement, il dit :

— Non, mon fils, ce n'est pas une armée, c'est un peuple... Un peuple tout entier.

Tamar qui s'est levé sort à son tour et, tout de suite derrière lui, vient Valina, très belle avec des cheveux blonds qui tombent sur ses épaules. Pour Tamar, le vieil homme explique de nouveau et ajoute bien des détails. Tamar aussi semble très étonné. Il demande :

— Et qui restera ici ?

— Personne ne restera. D'autres viendront. D'autres comme nos pères qui sont venus parce que des barbares les ont chassés de leurs terres du Nord.

Sadko réfléchit un moment avant de questionner :

— Et les terres du couchant où vous voulez aller, qui les habite ?

— Il y a des Gaulois. Des gens comme nous. Mais leurs terres sont immenses. Elles sont très riches. Elles peuvent les nourrir et nous nourrir aussi.

Longtemps, le vieil homme parle de ce voyage. Et, à mesure qu'il explique, on dirait qu'une jeunesse le pénètre. Sa fille l'a écouté puis elle est rentrée. Quand les hommes la rejoignent, elle a allumé le feu. Sur deux supports de métal, une jarre de terre est posée où cuit une bouillie de froment. Elle y coupe des morceaux de viande avant de la servir aux trois hommes. La porte de toile est restée ouverte. La lumière grandit sur le lac où passent de grands vols de mouettes bavardes.

28

Sadko, Tamar et le jeune Sorski ont passé là une première journée durant laquelle ils sont allés de découverte en découverte. D'abord l'éblouissement de ce lac où plonge un soleil dont les montagnes blanches semblent multiplier les rayons, puis ce village d'au moins trente demeures toutes construites sur l'eau. Certaines sont reliées entre elles par de longues passerelles où les enfants courent et jouent, d'autres sont totalement isolées comme celle du vieux Dolvidix. Deux plus importantes que les autres sont directement reliées au rivage. C'est là que s'entassent les vivres et les objets que les Helvètes ont préparés pour leur voyage. Le bétail et les chevaux sont dans de vastes parcs entourés de clôtures en bois. Sur la rive, des forgerons travaillent. Un potier cuit des cruches dans deux fours. Des femmes et des enfants lui apportent du bois. Il y a partout un remuement intense. Une sorte de fièvre joyeuse qui tient tout le monde.

Les trois cavaliers ont rendu visite aux blessés rescapés que les Helvètes ont soignés et pris en charge avec une grande bonté. Dolvidix assure qu'ils seront tous guéris pour le départ.

Le matin du deuxième jour, arrivent six cavaliers en armes sur des chevaux un peu lourds mais de fière allure. Leur chef parle à Dolvidix qui traduit :

— Il dit que si vous êtes des guerriers, vous ne pourrez partir avec nous qu'à condition de vous engager à servir dans notre cavalerie.

Sadko répond sans hésiter :

— Nous sommes prêts à aider qui nous a secourus.

— Alors il veut voir comment vous montez.

Les Helvètes trouvent rapidement de quoi harnacher Navra et deux autres tarpans. Tout de suite, les trois hommes du Baïkal sont en selle et Sadko lance un ordre bref. Les trois bêtes heureuses de se dépenser partent au triple galop. Un autre ordre et les trois cavaliers bondissent debout sur leur selle. Ils retombent à cheval et passent sous le ventre de leur monture. Ils glissent à côté comme s'ils allaient tomber mais, frôlant à peine le sol, ils s'enlèvent d'une détente pour se mettre en selle. Dix fois, ils font le tour de la vaste prairie, accomplissant leurs acrobaties avec un ensemble parfait, puis, les trois tarpans viennent s'arrêter face aux cavaliers helvètes et, ployant les pattes de devant, ils saluent, les naseaux au ras du sol. Le chef des Helvètes parle et le vieux traduit :

— Il dit que vous êtes des cavaliers très forts. Vous avez de bons chevaux rapides, mais que savez-vous faire avec des armes ?

— Qu'il me prête sa lance, répond Sadko.

Puis, se tournant vers Tamar, il lui donne un ordre. Le gros descend de son cheval et va vers une femme qui tient à la main une petite corbeille ronde. Il lui fait comprendre qu'il voudrait sa corbeille. Il la prend et, remontant à cheval, il part au galop. Arrivé de l'autre bord de la prairie, il fait demi-tour et revient. Sadko pousse Navra à sa rencontre. Au moment où ils vont se croiser au galop, Tamar lance en l'air la corbeille que Sadko cueille au bout de sa lance. À présent, tout le village est là et une grande clameur monte. Revenant au trot, en dépit des douleurs qu'il éprouve encore, Sadko parvient à exécuter un saut périlleux et à retomber debout sur sa selle sans avoir laissé tomber ni la lance ni la corbeille. La clameur s'amplifie. Et quand les trois hommes du Baïkal reviennent et s'arrêtent face aux cavaliers helvètes, Dolvidix leur crie :

— Le capitaine demande à Sadko s'il voudra un jour prendre le commandement d'un parti de cavaliers.

Et la foule se met à scander :

— Sadko ! Sadko ! Sadko !

Bien entendu, le jeune chef des cavaliers du Baïkal accepte. Et tandis que les gens du village comme les soldats continuent de l'acclamer, il se penche vers son ami. Les larmes aux yeux, il dit en fixant le lac éblouissant :

— Rotchka est là-bas... Elle dort sous les eaux de soleil.

29

Dès l'aube du lendemain, Sadko, Tamar et Sorski se mettent en route avec le vieux Dolvidix très heureux et très fier de monter, lui aussi, un tarpan des steppes. Le chemin qu'ils suivent se hisse assez vite à flanc de coteau entre des champs labourés, des vignes et de petits bois où tous les plus gros arbres ont été abattus. Dolvidix leur explique que, depuis deux années que durent les préparatifs de départ, ils ont mis en culture bien des terres restées en friche pour engranger la plus grande quantité possible de froment. Ils ont abattu de nombreux arbres pour construire des chariots solides.

Le jour est à son milieu quand les quatre cavaliers arrivent sur un vaste plateau où se dressent des tentes en grand nombre. Des chevaux se trouvent dans des enclos. D'autres manœuvrent, montés par des hommes vêtus de peaux et armés de lances, de longs couteaux et portant de lourds boucliers de bois et de cuir.

Dès qu'ils sont là, le capitaine qu'ils ont vu la veille et qui se nomme Barina se met à leur parler. C'est un grand blond à la peau cuivrée. Sa mâchoire très large lui fait presque un visage carré. Sa voix forte est un peu rauque. Il commence par rappeler les victoires des Helvètes sur d'autres peuples puis il dit, en détachant les mots :

— Vous devez savoir que les Helvètes sont le peuple le plus noble et le plus fort de toutes les Gaules. Nous avons les meilleurs guerriers et nous n'acceptons jamais ni les félons ni les traîtres. Nous avions un grand chef. Un maître qui se nommait Orgétorix. Noble entre les nobles et immensément riche.

Il s'interrompt et se tourne vers Dolvidix pour lui lancer :

— J'espère que tu traduis vraiment tout ce que je dis !

Le vieux jure qu'il s'applique à traduire mot pour mot le discours du capitaine qui poursuit :

— Orgétorix se disait en communication avec les dieux. Il allait devenir notre roi. Il nous avait convaincus de quitter cette terre trop étroite, coincée entre le lac et les montagnes, pour nous en aller en pays de Saintonge où les terres cultivables sont en abondance. Mais Orgétorix a voulu pactiser avec d'autres sans l'accord de son peuple. Couvert de chaînes et traduit en jugement, il a préféré la mort à la honte. Il s'est donné la mort.

Il s'arrête. On sent qu'il a la gorge nouée. Sans doute a-t-il beaucoup aimé et admiré Orgétorix. Gonflant sa poitrine épaisse dont les muscles énormes tendent le vêtement de cuir roux, il tousse et reprend :

— Puissant et riche, Orgétorix a perdu. C'est vous dire que, chez nous, rien ne peut protéger qui que ce soit des lois et des usages.

Là encore il s'arrête. Mais son regard est redevenu dur, sa voix plus tranchante lance :

— Nous n'avons pas renoncé. Nous avons continué nos préparatifs et nous allons partir. C'est le vieux Divico qui sera notre guide. Lui aussi connaît les Gaules jusqu'à la grande eau où le soleil s'endort.

Il explique que les Rauraques et les Tulinges se joindront à eux. Là, se haussant sur la selle, il plonge son regard bleu aussi froid que du métal dans les yeux noirs des trois cavaliers du Baïkal. Un silence passe. Un silence lourd en dépit de la vigueur du vent du nord. Les cavaliers ne bronchent pas. Tenant ferme leur monture, ils sont immobiles comme des souches.

— Êtes-vous prêts à partir ?

Avant même que le vieil Helvète ait traduit, usant de la langue celte, Sadko lance de sa voix claire qui contraste avec l'organe rugueux du capitaine :

— Nous sommes prêts !

Étonné, le guerrier helvète demande :

— Tu parles donc notre langue ?

Sadko sourit. Dans sa propre langue, il répond :

— Je commence à comprendre un peu. Et j'ai répété tes mots.

— Essaie d'apprendre vite. Bon cavalier comme tu es, tu deviendras capitaine.

Il hésite quelques instants avant d'ajouter :

— Si nous sommes le peuple qui doit dominer les Gaules, c'est parce que nous sommes le peuple du milieu du monde. Une partie de l'eau qui tombe sur notre terre coule vers le nord. Une autre partie va vers la route que suit le soleil et une autre encore, qui part de plus loin, s'en va vers les pays d'où vous venez. Nous, nous devons faire en sorte d'aller vers le couchant. La seule direction où les eaux de notre terre ne vont pas.

Le vieux traduit en ajoutant :

— C'est vrai. Nous sommes le peuple du milieu du monde. C'est pourquoi Orgétorix voulait le monde entier pour nous.

30

Durant des semaines, tandis que le printemps s'avance et que grandit la lumière, les trois cavaliers du Baïkal manœuvrent avec la cavalerie helvète. Les tarpans sont plus rapides et beaucoup plus agiles que les chevaux du pays. Ils profitent que plusieurs juments sont chaudes pour les faire couvrir par leurs étalons.

Barina, grand amateur de chevaux, déclare :

— Les poulains naîtront en pays de Saintonge. Ils auront la force de nos bêtes et la rapidité de celles qui portent dans leur sang la sève des steppes. Ces animaux étonneront le monde !

On le sent fier et vraiment heureux d'avoir parmi ses soldats des cavaliers comme les trois hommes aux yeux noirs que le vieux Dolvidix lui a amenés.

Après une lune, il en arrive quatre autres dont les blessures ont été soignées et guéries. Eux aussi montent de fameux tarpans pleins de feu après un si long temps d'inaction.

Une grande fièvre s'est emparée du camp. Des vieux qui ont voyagé vers l'ouest prennent place le soir parmi les groupes qui, après le repas, forment le cercle devant les tentes, autour des feux d'où montent des gerbes d'étincelles que le vent emporte. Et ces hommes-là parlent de fleuves à traverser, de forêts, de montagnes et de plaines immenses. Certains sont allés jusqu'aux rivages d'où l'on peut voir le soleil plonger dans l'eau sans limites. L'un d'eux qui a passé plusieurs semaines là-bas raconte qu'à l'instant où le soleil disparaît, l'un des dieux de l'océan, dont la force doit être terrible, tire de son fourreau une très longue et très mince épée verte qu'il couche au loin à la surface des eaux. Et l'homme ajoute :

— C'est une étrange épée qui n'a pas de poignée. Seul un dieu peut la saisir car elle est effilée des deux bouts. Quiconque la prendrait se couperait la main.

Sadko, qui commence à bien comprendre la langue des Helvètes, demande :

— Et pour quelle raison le dieu de la mer fait-il pareille chose ?

— Pour quelle raison ? Mais pour avertir les hommes. Pour leur dire : n'essayez pas d'aller avec vos bateaux jusqu'où j'ai caché le soleil. Laissez-le dormir en paix. Si vous venez jusqu'ici, je vous transpercerai de mon épée couleur de jade.

Et l'homme ajoute que, selon lui, cette épée est d'un métal que la chaleur du soleil ne rougit jamais.

— C'est un métal de feu, mais un feu qui reste vert et froid comme la glace.

Fascinés, les autres les écoutent. Tous ont envie d'aller jusqu'à ces rivages merveilleux.

Un soir, alors que la fatigue du jour pèse sur les paupières et que les plus enragés bavards commencent à se calmer, profitant d'un moment de silence, Sadko se met à chanter. Aussitôt, ses compagnons chantent avec lui. Ils chantent dans la langue de leur pays que personne ici, sauf le vieux marchand, ne comprend, mais la musique est si harmonieuse et si prenante que, de tous les autres feux, des hommes arrivent. Même ceux qui s'étaient déjà retirés sous les tentes pour dormir se lèvent et sortent. Certains réveillent les dormeurs en disant :

— Écoutez. Venez...

Une foule compacte se presse bientôt autour du foyer d'où les voix graves des hommes des steppes montent comme portant avec leur chant des tourbillons de fumée où dansent des étincelles. Il y a dans ce chant un grand mystère. Quelque chose d'infiniment troublant qui donne le frisson. Soudain, dominant les basses veloutées où se devinent des ombres profondes, une voix plus aiguë qu'une voix de jeune fille perce. Elle monte comme un trait de lumière. Comme une lame mince qu'un vent invisible ferait vibrer. Une émotion intense saisit tous ces guerriers. Sans le comprendre vraiment, les Helvètes sentent alors que, dans cette musique, passe le souffle de la paix infinie qui habite l'espace des forêts où le jour ne pénètre jamais. Une paix que le calme du soir empoigne pour la porter loin où elle roule sur les eaux du lac jusqu'aux montagnes blanches dont la lune dessine les contours acérés. Il y a cette paix infinie et, aussi, des accents d'une violence telle qu'à certains moments ils transpercent le calme comme une lame perce le cœur.

Et le frisson qui les a saisis devient presque un frisson de peur.

Comme pour accentuer encore ce trouble, Sadko se lève soudain et, suivi par Sorski, il se met à danser. Une danse aussi surprenante que le chant pour les Helvètes. Elle semble entraîner la musique vers des cadences de plus en plus rapides. Et, bientôt, les deux hommes se mettent à bondir comme des diables par-dessus le foyer. Tirant leur sabre du fourreau, ils exécutent un simulacre de combat tellement rapide qu'à chaque geste on a l'impression que les lames vont transpercer une poitrine ou faire sauter un membre. Quand ils plantent leurs armes dans le sol, c'est pour empoigner chacun deux brandons enflammés. Ils jonglent avec. Les flammes et les étincelles passent si près de leurs visages qu'on peut les croire eux-mêmes incandescents.

Quand ils lancent leurs brandons sur le foyer et cessent de danser, une grande clameur monte, éveillant très loin l'écho des montagnes. Puis le silence de la nuit se referme sur les foyers où meurent les dernières flammes.

31

Sadko et les siens se sont couchés très excités. Ces chants et ces danses retrouvés après des semaines dominées par le poids de tant de morts ont fait renaître en eux le goût de vivre. Et puis, il y a la perspective de ce départ. À présent, ils portent au cœur la certitude que leur voyage les conduira enfin vers cette eau dont ils ont tant rêvé.

Les Helvètes qui la connaissent en parlent avec des mots et des images propres à troubler jusqu'au fond de l'âme les gens nés loin des mers.

Atteignant le rivage qui marque les limites de la terre, ils ont la certitude qu'ils vont se rapprocher de leurs morts. Car les Helvètes les plus instruits affirment que le monde de la vie est un disque de terre, de plaines et de montagnes immenses posé au centre de l'eau sans limites. Une eau que nul jamais n'oserait traverser. Aller jusqu'aux régions où le soleil plonge pour faire place à la nuit est impossible. Qui oserait tenter pareille aventure tomberait dans le vide où demeurent, pour l'éternité, les âmes des morts. Mais vouloir pénétrer cet univers en étant encore en vie, c'est provoquer la colère des dieux et se fermer les portes des lieux où les âmes peuvent trouver le repos.

Parmi les plus âgés des Helvètes qui partagent leur vie, il y a un druide très instruit de toutes les choses de l'au-delà et qui dit :

— Le soleil s'enfonce dans la nuit. Mais vous savez bien que le soleil est un feu terrible. Or, les dieux, qui ont le compte de ce que chaque homme a mérité, se tiennent au bord de l'océan. Et quand arrive une âme, si elle n'est pas limpide, si elle est l'âme d'un homme qui a mal combattu, ils la précipitent vers le soleil qui la brûle. Et chaque soir, elle est brûlée de nouveau. Ainsi dans la plus grande souffrance jusqu'à la fin des temps.

Allongé sous la tente en peaux de chèvres, Sadko ne parvient pas à s'endormir. Il pense aux propos du vieux druide qui a dit aussi :

— L'homme qui a commis de lourdes fautes peut toujours se racheter au combat. S'il meurt dans une bataille menée pour la gloire de son peuple, son âme sera sauvée du feu et connaîtra la douceur de l'éternel printemps.

Sadko pense à ceux qui sont morts par sa faute. Dans le voyage qu'il va entreprendre, aura-t-il l'occasion de se battre pour défendre ceux qui l'ont accueilli et pourra-t-il ainsi accéder aux contrées où se trouvent Rotchka et tous les autres ?

Quand arrive son tour de veille, Sadko n'a pas encore fermé l'œil. Il empoigne ses armes et sort seller son cheval pour prendre la place de Sorski. Le jeune guerrier lui dit :

— Les brumes qui montent du lac sont froides.

— Va te mettre au chaud, répond Sadko en respirant avec délices une large bouffée de nuit.

Le tarpan s'immobilise, piaffe un moment puis, baissant la tête, il s'endort.

Le ciel vibre. Le calme est parfait. Pas un souffle de vent, ni au ras de la terre ni dans les vallées voisines où quelques fumées montent tout droit. Mais plus haut, le vent doit être violent car les étoiles scintillent. On sent que leur feu est sans cesse attisé par des courants contraires. Certains sont si forts qu'à plusieurs reprises ils arrachent aux astres des étincelles. Et ces parcelles de feux s'en vont mourir dans l'obscurité translucide.

À force de scruter ces profondeurs infinies, Sadko éprouve un instant de vertige. Il quitte le ciel des yeux, regarde le plateau. Il en fait le tour en se donnant le temps de fixer chaque foyer où quelques braises palpitent encore. Puis il tourne son regard vers le lac. L'eau n'est visible que par endroits mais, partout où l'on peut l'apercevoir, elle miroite sous la lune qui poudre d'argent la respiration du Léman.

Sur les rivages, de loin en loin, des feux trouent la terre sombre. On devine la présence d'autres veilleurs. Le cavalier du Baïkal sait que, dans les demeures lacustres comme dans les villages de la rive où il se trouve, ne vivent que des Helvètes. Mais qui donc occupe l'autre rive ? Des ennemis comme ceux qu'il a combattus chez lui ? Il n'y a au fond de son courage aucune inquiétude. Nul ennemi ne le fera hésiter. Il ne tremblera pas plus que n'a tremblé son père mort en combattant des barbares.

Il est resté longtemps sans penser à cet homme qu'il a peu connu mais, cette nuit, sa haute silhouette se dresse. Elle surgit de l'ombre et s'avance lentement, plus présente que le foyer tout proche. À son côté, s'avance soudain la mère de Sadko, morte très jeune elle aussi.

Il y a un calme si profond que le cavalier des steppes en est un peu troublé. Il ferme les yeux. Les montagnes et le lac disparaissent, mais les deux spectres restent. Très bas, Sadko leur souffle :

— Bientôt, nous partirons.

Quand il rouvre les yeux, les montagnes et le lac sont de nouveau là, mais sa mère et son père ont disparu. Il ne fait nul effort pour les retrouver. Il se sent pénétré d'un calme infini. Il sait à présent de manière certaine qu'il plongera un jour dans l'infini où s'endort le soleil. Là, il sera à nouveau avec tous ceux qu'il a aimés.

TROISIÈME PARTIE

Les Helvètes

32

La fièvre a grandi. Elle tient à présent le pays tout entier. On la sent partout présente, jusque dans la terre que la saison travaille en force. On sent le sang des plantes pousser dans les troncs et les tiges. Les aubes ont parfois quelque chose de brutal avec des remuements du ciel qui montre de plus en plus de hâte à se débarrasser de ses buées de sommeil. La vigueur du soleil aide le vent à pousser vers le nord et vers le couchant ces vapeurs de la nuit que les monts du Jura semblent vouloir retenir. Sur les hauteurs, des neiges demeurent accrochées que les forêts de résineux hachent de traits noirs. Des traits que nulle lueur ne parvient jamais à éclairer vraiment.

Dans les demeures isolées, dans les villages comme dans les cités, il semble que la même fébrilité se soit emparée des êtres et des choses. On a chargé sur d'énormes chariots tout ce que l'on peut emporter. Les outils, les ustensiles de cuisine, les grilles à feu, les sacs de victuailles, tout s'entasse jusqu'à faire ployer les troncs d'arbres qu'on n'a même pas trouvé le temps d'écorcer pour les assembler en longerons de chars.

— On a vu trop grand aux semailles, disent les laboureurs, on ne pourra pas emmener tout notre blé.

— On ne pourra pas, mais l'ordre a été donné de ne rien laisser derrière nous.

— Rien ?

— Non, tout ce qu'on ne peut pas charger sur les voitures et sur les bêtes bâtées doit être brûlé !

Les plus vieux ont peine à le croire. Les artisans contemplent ce qu'ils ont eu tant de mal à fabriquer, les laboureurs regardent les céréales et pensent à la sueur qu'ils ont versée sous le soleil des moissons. Certains hochent la tête en silence mais d'autres ont des mouvements de désespoir ou de révolte.

Un vieux potier qui ne possède qu'une petite carriole et un mulet presque aussi âgé que lui se lamente. Les larmes aux yeux, il reste planté devant les jarres et les vases de toutes sortes qu'il a tournés, cuits et décorés avec amour. Il ne sait que bredouiller :

— Je peux pas casser tout ça, je peux pas. C'est impossible. Je préfère les donner à qui les voudra.

Et les plus jeunes, ceux qui comprennent mieux que lui, ne peuvent que répéter :

— Mais personne ne peut les prendre. Tout le monde va abandonner une partie de biens pourtant précieux. Nul n'a de place pour tes poteries.

— Je peux pas les briser. Tant de peine...

— Les soldats viendront et les casseront.

— Mais pour quelle raison ne pas les cacher ? Je peux creuser un trou et les enterrer. Ou les laisser pour ceux qui viendront vivre sur cette terre.

— Les chefs prétendent que ceux qui viendront s'installer ici seront forcément de nos ennemis. Sans doute des barbares du Nord qui ont déjà voulu nous voler notre pays. Et puis, surtout, s'il ne reste rien, on ne sera pas tentés de revenir.

Et le vieux potier se laisse entraîner vers la rive du lac par sa fille qui retient ses larmes. Lorsqu'ils sont assez loin, les voisins se mettent à briser les poteries à grands coups de masse.

Sur le plateau, des laboureurs pleurent en regardant les flammes monter des gerbiers de paille et de foin où on lance à la pelle le grain des dernières moissons.

Le matin du départ, comme un sinistre écho aux chants de marche des soldats, un concert de sanglots et de lamentations s'élève des cités et des villages que dévore l'incendie.

Car d'un bout à l'autre du grand lac, sur toutes les terres de la rive droite, sur les coteaux comme sur le plateau, jusqu'au creux des plus petites vallées, rien n'est épargné. Des remparts à la plus misérable masure, tout est la proie des flammes. Le vent qui a viré au nord rabat sur le lac des torrents de fumée. Des gerbes d'étincelles montent chaque fois que s'écroule une toiture. De la vapeur se mêle à ces nuées quand se couche sur les eaux une maison montée sur pilotis.

Des milliers d'oiseaux effrayés se sont enfuis

dès les premières lueurs d'incendie. D'autres qui n'ont pas pu se résoudre à abandonner leurs nids restent jusqu'à suffoquer. On les entend piailler. Ils finissent par s'envoler en aveugles, abandonnant leurs oisillons incapables de bouger.

Sur les terres aussi, des animaux s'enfuient vers les hauteurs où rien ne flambe que les feux du soleil quand les nuées de fumée ne les ont pas éteints.

Et sur les chemins, sur les routes, le long du rivage comme au flanc des collines, s'étire le long cortège des chars, des bêtes de bât, des troupeaux et des piétons chargés de sacs et de paniers. Les plus riches possèdent de belles bêtes attelées à des voitures couvertes de bâches. À côté de leur mobilier et des provisions, ils ont ménagé la place pour les vieillards et les enfants. Les plus pauvres poussent de petites carrioles branlantes dont on sent qu'elles n'iront sans doute pas très loin avant de s'écrouler.

Ces gens marchent, mais c'est moins la route qu'ils fixent que leurs demeures incendiées. Et bon nombre d'entre eux ne voient plus les brasiers qu'à travers le brouillard de leurs larmes.

Dans une maison isolée au cœur des meilleures vignes de la côte, un vieux vigneron a voulu sauver son vin. Mais les soldats ont brisé tout ce qu'ils ne pouvaient pas emporter. Les chefs les ont empêchés de boire trop.

— Allez, le vieux, faut partir comme les autres !

Le visage fermé, le regard dur, le vieux aux mains râpeuses comme ses ceps a grogné :

— C'est bon. Je m'en vais.

Il fait mine de suivre le premier peloton de cavaliers. Derrière lui, sa maison flambe.

Arrivé à l'angle d'un mur, l'homme profite d'un moment où nul ne le regarde pour se cacher. Dès que la croupe du dernier cheval a disparu, il revient en courant vers sa demeure en feu. Il comprend tout de suite qu'il ne peut plus rien pour cette maison où il est né et où il a vécu heureux. Alors, traversant le rideau de fumée, il descend dans sa cave. Les tonneaux ont été percés à coups de pioche, mais du vin coule encore dans les rigoles du sol. Se couchant à plat ventre, le vieux se met à boire comme une bête, la gueule dans le vin. Il boit longtemps. Sa tête devient lourde. L'air s'épaissit. De la fumée ruisselle jusqu'à lui. Le vigneron boit toujours, ne levant la tête que pour reprendre son souffle.

Lorsque la maison en feu s'écroule, le vieillard a cessé de boire. Il a cessé de vivre.

Les poutres calcinées n'écrasent qu'un cadavre. Le sang qui coule de son crâne défoncé se mêle au vin qui s'égoutte de ses tonneaux éventrés.

33

Quand Sadko et les autres cavaliers de l'unité arrivent à l'extrémité ouest du lac, des milliers de femmes, d'hommes et d'enfants s'y trouvent déjà. Les chars s'alignent à perte de vue. D'un immense camp improvisé montent des fumées. Sur la rive gauche, d'autres fumées moins nombreuses s'élèvent des maisons de Genève. Sur la rive droite, en aval, comme au flanc du Jura, des maisons achèvent de se consumer. Les habitants sont là eux aussi, et bon nombre pleurent. Seuls rient et chantent les hommes d'armes tout à la joie d'une nouvelle campagne.

Sadko qui commence à bien comprendre la langue du pays se met à interroger des cavaliers helvètes arrivés depuis deux jours. Ces grands gaillards solides à la longue chevelure blonde et aux moustaches tombantes regardent souvent avec méfiance cet être plus petit qu'eux, mince, brun de peau et noir de poil. Le vieux Dolvidix leur explique d'où viennent ces hommes et vante leur adresse de cavaliers. Et les Gaulois d'Helvétie hochent la tête :

— On verra bien si un jour ils sont face aux Romains.

Il est évident que ces grands guerriers ne vivent que dans l'espoir d'une bataille. Ils se savent les plus courageux et les plus forts. Ils ont forgé les armes les plus solides et les mieux affûtées. Ils parlent des campagnes qu'ils ont menées et des victoires remportées. Les plus âgés se souviennent :

— Nous avons vaincu les Romains et nous avons fait passer les prisonniers sous le joug !

D'autres promettent :

— Et s'ils ne veulent pas que nous traversions le territoire des Allobroges qu'ils ont soumis à leur pouvoir, nous les battrons encore !

Les hommes discutent beaucoup. On affirme que César en personne est arrivé sur l'autre rive du fleuve.

— C'est lui qui a fait couper le pont.

— Non, ce sont les Allobroges qui ont pris peur et qui l'ont détruit avant son arrivée.

Sadko et les siens contemplent les eaux que le Léman déverse en tourbillons pour reformer le Rhône. Le flot limpide a des verts profonds. Des lames et des tourbillons d'une extrême violence. On a l'impression que cette eau peut trancher.

Leur désignant les montagnes blanches, Dolvidix explique :

— Il y a des sommets qui sont toute l'année couverts de glace et de neige. C'est de leurs flancs que descend une rivière qui se jette dans le Rhône, en aval. Elle aussi porte une grande force qui s'ajoute à celle du fleuve. Si on veut traverser, c'est en amont de ce confluent qu'il faut essayer. Après, nul ne saurait passer à gué.

On apprend bientôt que Divico a traversé le lac à la tête d'une délégation chargée d'expliquer aux Allobroges que les Helvètes, en migration vers la Saintonge, ne demandent que le droit de passer par la route. Ils s'engagent à ne rien détruire, à ne tuer personne et à ne pas se livrer au pillage.

Quand la barque ramenant le vieux Divico et ses compagnons revient, il y a foule pour l'attendre. Elle aborde à l'endroit où le camp des émigrants est le plus chargé. Le vieil homme monte sur le char le plus proche et lève la main pour annoncer qu'il va parler. Aussitôt, le silence se fait. La bise elle-même semble s'apaiser. Seules quelques mouettes mendiantes continuent de crier. Mais la voix du vieux chef est encore forte. Elle sonne clair avec juste ce que la colère lui donne de vibrato. Tout de suite, il lance :

— Mes amis, nous passerons par le pays des Allobroges.

Aussitôt une clameur l'interrompt. Sautant sur place et brandissant leurs armes, les guerriers helvètes crient leur joie.

Divico les laisse hurler quelques minutes puis, levant de nouveau la main, il obtient le silence et reprend la parole :

— Nous passerons peut-être avec l'accord de César qui nous demande une lune de patience car il veut consulter les Allobroges.

Il y a là une sorte de grondement de la foule

comme si un orage couvait sous les pieds de tous ces gens, puis le chef poursuit :

— J'ignore quel est le fond de sa pensée. Je redoute que les Romains n'aient pas oublié le joug de leur défaite.

Comme la foule gronde de nouveau, Divico élève la voix :

— Mais quelle que soit sa décision, nous passerons. Notre pays ruiné nous interdit tout retour. Je suis heureux d'avoir donné l'ordre de brûler la terre derrière nous car si nous devons nous battre, nous le ferons avec la certitude qu'il nous faut passer coûte que coûte !

Il hésite quelques instants. Durant ce temps, un silence profond, un peu lourd, s'établit. Les Helvètes semblent attendre quelque chose d'important qui tarde à venir. Enfin, leur chef se décide. Sa voix est plus grave, presque un peu sourde. Comme voilée de brume. Elle s'élève puissante pourtant. Son regard bleu parcourt la foule tandis qu'il dit lentement :

— Nous sommes condamnés à passer... ou à mourir.

Il marque un temps avant d'ajouter comme il lancerait quelques notes de trompette claire :

— Mais je sais que nous passerons !

Alors les guerriers du premier rang se précipitent et, le hissant sur un bouclier, ils le portent en triomphe.

34

Pour tromper l'attente, on parle beaucoup. Les hommes se réunissent entre les chars et autour des feux et ils discutent. La mort d'Orgétorix les a profondément troublés.

— Il voulait devenir le maître de toutes les Gaules, des traîtres l'ont empoisonné pour l'en empêcher.

— Non, il a comploté avec des chefs gaulois. Il s'est senti perdu. Obligé d'avouer, il a préféré la mort à la honte. Il s'est suicidé.

Mais ce que leur chef a semé est en eux et continue d'entretenir leur foi. Ils finissent toujours par en revenir à cette nécessité de partir. La contrée d'Helvétie est beaucoup trop petite pour leur peuple. Il leur faut un plus vaste espace. Des terres à cultiver qui leur donnent davantage de froment. Des pâturages où leurs troupeaux soient à l'aise. Des terres où ils n'auront pas à redouter sans cesse la menace des peuples du Nord qui convoitent leur pays.

Les grands discours qu'a tenus Orgétorix sonnent encore en eux. Cet homme avait un regard et une voix qui les galvanisaient. C'est de lui qu'est venue cette énergie qui les habite. De lui aussi cette conviction profonde qu'ils sont les guerriers les plus valeureux, les plus forts, les plus adroits. Orgétorix a fait pénétrer en eux toutes les idées qu'il avait portées sa vie durant et qui l'ont certainement accompagné jusqu'à son dernier souffle.

— Pas un seul homme au monde n'égale votre vaillance. Pas un soldat ne possède la même science du combat. Pas un forgeron ne peut fabriquer des armes pareilles à celles qui vous donneront la victoire, disait-il.

Parce que les Helvètes aiment la guerre, le besoin de faire éclater les frontières de leur pays a fini par être chez eux une nature profonde.

Ils sont parvenus à se convaincre que la Saintonge a été créée pour eux. Cette terre les attend. C'est pour eux que les dieux l'ont conçue, pour eux qu'ils ont déversé tant de richesses. Car, à force de penser à cette contrée lointaine, ils l'imaginent pareille à un paradis. Un vaste verger où abondent des fruits énormes gorgés de jus plus savoureux que tout ce qu'ils ont pu goûter chez eux.

En parlant, ils boivent le vin qu'ils ont pu emporter. Et le feu de l'alcool avive leurs propos. Des disputes éclatent un peu partout. Des querelles que les chefs ont parfois du mal à museler. Il y a des blessés.

Mais tous les Helvètes ne restent pas à attendre. Certains partent en délégations chez les peuples voisins. Et ils parviennent à décider les

Rauraques, les Tulinges et les Latobriges à se joindre à eux pour la grande expédition. Déjà certains de ces hommes arrivent qui se mêlent aux troupes helvètes. On rit, on se congratule et on continue de boire. Et le vin blanc chauffe les têtes.

Voyant que les querelles risquent de tourner très mal, certains chefs s'efforcent de faire manœuvrer leurs hommes jusqu'à l'épuisement.

Puis, après quatre jours, le bruit court que les Romains et les Allobroges bâtissent, tout au long de leur rive, des fortifications qui menacent d'être énormes.

— C'est donc qu'ils veulent nous interdire le passage !

Et la nouvelle arrive : César refuse le passage.

— Il faut passer de force et sans attendre que leur muraille soit montée.

Là encore, il y a des disputes. Mais les chefs savent y mettre fin en organisant quelques opérations.

Sadko qui, lui aussi, a hâte de se dépenser propose de prendre la tête d'un parti de cavalerie pour traverser à gué. Un capitaine helvète est désigné pour diriger cette attaque qu'on veut lancer en deux branches pour créer la surprise et amener les Romains à se précipiter d'une place à une autre. On convient donc qu'en un endroit où le Rhône est profond, des fantassins traverseront sur des bateaux liés entre eux deux par deux. Chaque embarcation ainsi constituée prendra sur son plancher de rondins au moins trente hommes. En trois jours, on fabrique six de ces engins qui seront mis à l'eau en aval de l'endroit où le lac redevient fleuve. C'est à environ mille pas plus bas que les cavaliers attaqueront.

Sur l'autre rive, on voit très bien les travaux entrepris par les Allobroges et les Romains. Des masses de pierres sont amenées ainsi que des chargements d'énormes troncs d'arbres. On enfonce des pieux, on empile des rondins et on jette les blocs de rocher derrière cette première muraille.

Les chefs helvètes annoncent :

— Quand ils auront terminé, personne ne pourra ni détruire ces fortifications ni passer par-dessus. Il faut trouver très vite les failles qui existent encore.

Sadko scrute les eaux bouillonnantes du fleuve. Aux mouvements de la surface on devine le fond.

— Là, un cheval peut passer. Le courant est vif, mais nos tarpans en ont vu d'autres.

— Mais le fond doit être fait de galets très polis qui roulent et qui glissent sous les sabots.

— Que nos chevaux glissent, ça peut arriver. Et alors ? Ils ont traversé à la nage des fleuves plus larges et aussi fougueux.

Les cavaliers helvètes écoutent en hochant la tête. Leur chef, géant blond aux bras énormes, dit :

— Si vos tarpans peuvent traverser, nos chevaux passeront aussi.

Puis, toisant ses propres hommes, il ajoute :

— Je serai en tête, vous me suivrez. Si mon cheval glisse, continuez. Ceux qui glisseront rejoindront la rive en aval et attaqueront où ils prendront terre. Plus les points d'attaque seront nombreux, plus les ennemis seront déroutés.

L'inaction leur a paru lourde. À présent, l'excitation grandit d'heure en heure. Sadko et les siens restent calmes. Ils ont vécu un si grand nombre d'aventures guerrières que celle qui s'annonce leur semble peu de chose. Après tout, cette muraille est loin d'être terminée. Il suffirait d'y découvrir une faille pour fondre sur l'ennemi et le mettre en fuite. Sadko regarde Navra dont la robe luisante frémit. Il caresse ce poil soyeux et parle à cette bête avec tendresse :

— Mon beau. On passera. Et si les dieux de ce fleuve veulent absolument nous prendre, ils nous pousseront vers le fond des eaux où nous retrouverons Rotchka.

Et le grand tarpan répond d'un hochement de tête.

35

Le soleil s'est couché dans un flot de sang. Une clarté qui ruisselait entre les forêts du Jura. Le vieux Dolvidix s'est approché de Sadko assis sur une roche et qui affûte son couteau de guerre. Il l'a regardé faire un long moment avant de demander :

— As-tu vu le ciel ?

— Oui. Les nuées montent. La nuit sera noire et épaisse. C'est une bonne chose pour nous.

Le vieil Helvète a une moue qui soulève les ailes lourdes de sa moustache blanche. Il lance encore un regard vers le couchant. Une étincelle rouge s'allume dans ses yeux. Il baisse la tête et, venant s'asseoir à côté de Sadko, parlant à mi-voix, il dit :

— De nos jours, les hommes ne savent plus lire le ciel. Le langage du soleil et des nuées leur est devenu étranger. Dans ma jeunesse, jamais un chef de guerre n'aurait accepté de lancer une attaque quand le ciel pleurait du sang. C'est un très mauvais présage. Il y aura beaucoup de morts et de blessés.

— Il y en a chaque fois qu'on se bat.

— Oui, mais il peut y en avoir moins...

Sadko, un peu agacé par cette manière d'annoncer que le sang coulera à flots, l'interrompt :

— Est-ce que le ciel n'est pas de la même couleur pour ceux qui le regardent depuis l'autre rive ?

Le vieux ébauche un sourire qui se fige très vite sur ses lèvres.

— Ils le voient saigner encore plus que nous car ils ont à leurs pieds son reflet dans le Rhône.

— Alors !

— Ce ne sont pas les Romains et leurs alliés qui vont attaquer. S'ils ont compris que nous nous préparons, ils voient le fleuve refléter le ciel rouge et, pour eux, ça signifie que ses eaux appellent le sang... Notre sang !

Sadko qui a appris à connaître cet homme le respecte trop pour lui dire de se taire. Il se lève et, se tournant vers les eaux, il grogne :

— Je n'aime pas qu'on voie la défaite avant que la bataille ne s'engage.

Le ciel s'est assombri soudain. Une énorme nuée noire et violette monte très vite, poussée par un vent qu'on ne sent pas encore.

— La tempête menace, dit Sadko, si elle crève quand nous traverserons, c'est que vraiment les dieux sont avec nous.

Comme il reprend sa place sur le rocher, le vieux pose sa main sur son épaule.

— J'espère que tu as raison. Mais écoute tout de même mon conseil : quand tu entreras dans l'eau, ne pousse pas ton cheval en oblique vers l'amont.

— Pourtant, c'est le plus sûr moyen de lutter contre la force des eaux.

— Justement, ne cherche pas à lutter.

— Mais...

Le vieillard lève sa main osseuse qui tremble un peu.

— Même si ton cheval est très fort, le fleuve est plus fort que lui. Il le dominera. Vous serez emportés tous les deux et roulés où l'eau est peu profonde. Roulés sur les cailloux. Peut-être assommés. Entre dans l'eau et va vers l'aval. Laisse faire le fleuve. Utilise sa force, elle sera ta meilleure alliée.

Sadko laisse passer un long moment de silence. Un silence très vivant. Car le Rhône tout proche murmure en léchant les rochers de la rive. Quelques nocturnes se répondent. Sadko dit à mi-voix :

— Les chouettes et les hiboux se parlent d'un bord à l'autre. Ils s'appellent. Ils ne pensent pas à se faire la guerre.

— Il arrive certainement qu'ils s'entre-tuent mais, pour l'heure, je croirais plutôt qu'ils se disent des mots d'amour.

Un oiseau au vol un peu lourd passe au ras de la surface qu'il griffe de la pointe de ses ailes.

— Celui-là, dit Dolvidix, c'est un canard à col vert. Il a dû être dérangé. Ce ne sont pas des nocturnes.

Sadko qui n'a jamais beaucoup pensé à toutes ces choses se sent soudain troublé par cette vie de la terre et des eaux. Au Baïkal aussi ils avaient des ennemis, mais très loin. Et ils se battaient pour se battre. Simplement pour montrer leur force et leur courage. Là, il lui semble que tout est différent. Ils ne vont pas aller sur l'autre rive pour affronter des cavaliers comme eux. Ils vont tenter d'escalader une muraille construite par des inconnus qui refusent qu'on traverse leur pays. Sadko a du mal à comprendre et il ne voit qu'une chose, c'est qu'il va pouvoir montrer aux Helvètes comment se battent les hommes des steppes.

Sans doute parce que, à cause de lui, ceux qui l'ont suivi ont presque tous rencontré la mort dans les eaux de ce fleuve, il va devoir l'affronter et affronter aussi les guerriers d'en face. Que veulent donc les dieux ? Est-ce pour lui donner l'occasion de rejoindre très vite Rotchka et les autres qu'ils ont poussé les Helvètes à engager la bataille ?

Sadko qui n'a jamais eu le temps ni l'envie de se pencher sur son passé se trouve plongé au cœur des années mortes. Toute sa vie s'étale devant lui comme si cette eau qui court sur un haut-fond en reflétait les moindres détails. Les êtres qu'il a aimés comme ceux qu'il a combattus se dressent devant lui.

— Je sais bien que je vais vous rejoindre.

Sans s'en rendre compte, il vient de parler tout haut. Le vieil Helvète demande :

— Qu'est-ce que tu dis ?

Sadko s'ébroue. Il sortirait de l'eau qu'il ne

frissonnerait pas davantage. Il s'efforce de sourire pour répondre :

— Rien... Je pensais à mon pays.

Le vieillard soupire profondément. Il hésite un instant avant de dire :

— Ton pays est très loin d'où vient le soleil. Nous, nous allons marcher vers les contrées où le soleil s'en va... Ton pays, ce sera là-bas. Et je suis certain que tu y seras heureux.

Le vieux tend le bras vers ce coin de ciel où vient de s'éteindre la dernière lueur du jour.

36

La nuit est épaisse. Toute l'obscurité semble couler du ciel où roulent des nuées. On les devine aux quelques lueurs glacées qui, çà et là, ourlent la crête d'un moutonnement. Une vague clarté est restée prisonnière du fleuve. Elle sourd avec peine, repoussée par les rivages. À plusieurs reprises, au sommet des fortifications dressées par les Allobroges, Sadko a vu danser le point rouge d'une torche. Une étincelle rapide qui disparaît pour reparaître un peu plus loin.

L'heure du combat approche et Sadko se sent pénétré d'un grand calme. Comparé aux cours d'eau qu'ils ont dû traverser durant leur voyage, ce fleuve est un ruisseau. Les autres cavaliers sont là. Les amis de Sadko se tiennent légèrement à l'écart des Helvètes dont le chef s'avance pour dire :

— Il y aura une petite clarté en amont. Ce sera le signal. Au moment où les bateaux partiront, tu entreras dans l'eau ici avec tes hommes. Moi, avec les miens, un peu plus haut.

Sadko approuve et l'officier demande :

— Tu as bien compris ?

Dolvidix qui s'est avancé sans bruit entre les chevaux répond pour lui :

— Il a compris. Sois tranquille, il comprend très bien.

L'attente n'est pas longue, mais elle semble n'en plus finir. Les chevaux piaffent. Certains s'ébrouent. Une jument hennit très fort et plusieurs étalons répondent en raclant de la gorge et en battant le sol de leurs sabots. Tous ces bruits qui ne sont rien débordent la vallée. Et chaque guerrier se dit qu'en face l'ennemi doit être alerté. Tous les regards vont de l'amont où va étinceler le signal à cette rive de mystère qui paraît morte mais où l'on devine des regards attentifs.

Des nuées se déchirent soudain et la lune inonde tout de sa clarté livide. La déchirure est brève. Aussitôt qu'elle se referme, la nuit semble plus noire. Un cavalier grogne :

— Juste assez pour qu'ils aient eu le temps de nous repérer.

— Ça va être une drôle de danse !

Le signal troue la nuit. Un minuscule point de feu et son reflet sur les remous.

— En avant !

Sadko presse à peine les genoux. Tout de suite, Navra qui s'impatientait bondit. Dix foulées à peine et il entre dans l'eau. Sadko le laisse trouver son chemin. Derrière lui et légèrement en amont, d'autres bêtes pataugent aussi. Les galets énormes roulent sous les sabots. Parmi les Helvètes, deux chevaux déjà ont glissé. Les cavaliers roulés par le flot se débattent mais des ordres formels ont été donnés : ne vous souciez pas de ceux qui tomberont.

Navra tente de marcher droit sur l'autre rive mais, au moment où l'eau glacée atteint son poitrail, il cesse de lutter. Il nage et le fleuve le porte vers l'aval. Sadko l'oblige à piquer vers la rive. Il s'en approche très vite. Les autres suivent mais, chez les Helvètes, il y a encore quelques chutes dues au fait que le point où ils traversent se situe plus loin des eaux profondes. Presque toutes les montures sont obligées d'obliquer vers l'aval.

Sadko est à quelques pas du rivage quand, du haut de la muraille, partent les premiers traits. Ce sont des piques de métal à manche de bois. Comme des lances plus lourdes et plus courtes que celles des cavaliers du Baïkal.

Très calme, Sadko murmure :

— De bonnes armes de jet !

Plusieurs tombent tout près de lui. L'une se plante dans sa selle devant lui. Heureusement, le cuir est très dur. Navra est blessé mais pas profondément.

Sadko arrache ce trait qu'il garde en main. Quelques cris s'élèvent. Des hommes sont atteints. Sur les bateaux aussi des lances sont tombées. Elles ont dû porter beaucoup mieux car les soldats embarqués sont serrés les uns contre les autres. Sadko qui entend hurler derrière lui se retourne. De lourdes barques désemparées poussées par le courant ont bousculé des cavaliers. Une embarcation heurte une roche. Un déchirement de bois. Des cris plus forts. Des hommes se noient.

Navra vient de prendre sabot sur la rive. Il glisse et Sadko le tient ferme. Le grand tarpan parvient à monter en dépit de la vase. Des traits plus nombreux sifflent autour du cavalier qui approche de la muraille. Il met son cheval au galop pour longer ces fortifications et tenter d'y découvrir une faille. Rien. Et comment grimper contre un mur où il est impossible de s'accrocher ? Une touffe de saules est sur la rive. Sadko la devine dans la nuit. Son regard s'est habitué à cette obscurité où les lueurs venues du fleuve courent et se multiplient pour disparaître très vite. Se couchant sur l'encolure, Sadko pousse sa monture sous les branchages. Des piques tombent encore à proximité mais les lanceurs semblent à présent viser davantage la masse des attaquants que ce cavalier isolé.

Une nouvelle déchirure des nuages permet à la lune de verser sa clarté sur toute la vallée. D'un regard, Sadko saisit ce qui se passe. Des barques qui n'ont pas chaviré partent au fil du courant. On y voit des corps étendus et des blessés qui se tordent de douleur.

De nombreux hommes nagent désespérément après avoir réussi à se libérer de leurs bottes.

Des chevaux sans cavaliers prennent pied sur cette rive. D'autres nagent pour regagner la berge d'où ils sont partis. Le fleuve emporte aussi des cadavres. Hommes et bêtes.

Quelques soldats qui ont réussi à atteindre le pied de la muraille tentent de s'y accrocher pour grimper, mais les traits des Allobroges et des Romains les transpercent. On dirait qu'ils sont cloués sur place. Piquant sa bête, Sadko fonce vers eux. Il n'espère rien d'autre que faire pleuvoir sur lui les projectiles ennemis pour permettre à ces quelques Helvètes de rebrousser chemin. Ces hommes ont compris. Quand la lune disparaît, ils courent vers le fleuve et, abandonnant leur équipement, ils se jettent à l'eau. Poussant des cris pour attirer sur lui l'attention des ennemis, Sadko va deux fois au grand galop le long de cette muraille, du bosquet de saules à l'endroit où ont pris terre les trois bateaux qui ont pu traverser.

Quand il juge que tous les assaillants encore en vie ont réussi à s'éloigner, il pousse Navra vers le fleuve. Et le grand tarpan se lance à l'eau. Il nage. Il nage très vite et parvient à traverser avant que le ciel ne se déchire à nouveau. Quand la lune reparaît, Sadko est sur la rive. D'autres ont réussi comme lui à revenir, mais la plupart des hommes et des chevaux sont morts. Les uns au pied de la muraille, les autres au fil du courant.

37

Cette tentative de traversée n'a guère duré plus du quart de la nuit. De retour, les survivants ont regagné leur camp. Les blessés vont être soignés mais les morts auront tous la même sépulture : le Rhône.

Des hommes qui n'ont pas participé au combat sont désignés pour jeter au fleuve les corps de ceux qu'il n'a pas encore emportés. Et ces soldats s'en vont au fil du courant. Demain, les gens d'aval pourront les deviner passant entre deux eaux. Même très loin d'ici, les riverains sauront qu'une bataille s'est livrée.

Sadko et ses compagnons sont comme les autres soldats : quand renaît le jour, ils s'interrogent :

— Qu'est-ce qu'on va faire ?

— Encore traverser.

— Non. Regarde la muraille. Qui donc pourrait espérer la franchir ?

Le jour qui vient de se lever est triste. Bientôt, une pluie fine et très froide se met à tomber. Elle arrive par vagues lentes qui semblent couler des montagnes du Jura. Les femmes ont rechargé les feux allumés çà et là entre les chars et les toiles de tente. La fumée se mêle à cette brouillasse et semble vouloir rester collée au sol. Assis sous les tentes ou dans les chars bâchés, les hommes parlent en buvant du vin.

Une journée interminable s'écoule. Une grande lassitude pèse sur ces milliers de femmes, d'hommes et d'enfants qui n'ont plus leur pays et se demandent s'ils parviendront jamais à atteindre celui qu'on leur a promis.

Une autre nuit coule encore et la journée qui suit s'annonce aussi morne, aussi vide et désespérante que la précédente. Pourtant, vers la fin de l'après-midi, au moment où la pluie cesse, comme si le ciel qui s'entrouvre sur une plaie de lumière n'avait attendu que cette nouvelle pour se livrer au jour, un cavalier arrive. Sans mettre pied à terre, il parle :

— César refuse. C'est confirmé ! Les Allobroges refusent. Nous passerons par le pays des Séquanes, nous traverserons les terres des Éduens et celles des Ambarres. Le départ est pour demain à l'aube. Ces peuples ont donné leur accord pour notre passage.

Des hommes veulent questionner ce messager, mais déjà il a piqué des deux et fonce au grand galop porter la nouvelle à d'autres groupes.

Les plus âgés des Helvètes semblent soucieux. Comme Dolvidix demande ce qui a bien pu arriver, un ancien soldat, devenu infirme à la suite d'un combat, se lève sur son unique jambe en s'aidant de deux cannes en coudrier. S'approchant du foyer, il explique d'une voix calme un peu fatiguée :

— Je connais Divico. Cet homme est l'orgueil en personne. Je suis certain que si César lui a demandé un échange d'otages pour garantir notre passage paisible, il aura répondu que les Helvètes ont appris de leurs pères à en prendre, pas à en donner. Vous pensez bien que les Romains n'ont pas oublié le joug. Et même ceux qui sont trop jeunes pour avoir vécu cette honte n'ignorent pas que c'est Divico en personne qui l'a imposée aux Romains !

Un peu plus tard, un homme qui a fait partie de la députation s'en vient raconter ce qui s'est passé. Non seulement Divico a rappelé à César cette défaite des armées de Rome, mais il a ajouté la menace : « Méfie-toi, César. Tu es puissant, mais les Helvètes sont les meilleurs guerriers qui soient au monde. Ces terres pourraient bien devenir le champ de bataille d'une nouvelle humiliation pour toi et les tiens. »

Alors, sans élever le ton, le général romain lui a répliqué : « Évite de fouler le sol de mes alliés comme celui de mon peuple ! »

Le vieux parlementaire fait une moue qui met en mouvement toute sa barbe blanche piquée de poils roux. Son regard est sombre. On sent qu'une grande crainte l'habite. Comme on lui demande pour quelle raison il n'a pas parlé plus tôt, il réplique :

— Impossible, nous devions attendre une lune... Et les attaques de leur muraille n'ont rien arrangé.

Il marque un temps. On sent qu'il hésite, puis il ajoute :

— Je connais les routes. Nous n'avons qu'une seule voie possible : le chemin qui longe la rive droite du Rhône. Il est étroit. Terriblement tortueux. Il y a de nombreux passages encaissés. D'un côté le fleuve, de l'autre les falaises qui dominent. Sur ces hauteurs, quelques hommes suffiraient à arrêter une armée. Divico prétend qu'il a obtenu l'accord des Séquanes pour que l'on passe, mais nous sommes des milliers. Il suffira qu'un fou se conduise mal, qu'un ivrogne vole du vin ou qu'un autre viole une fille, et ce sera la guerre. On va longer le Jura jusqu'à la grande plaine des Séquanes. Faudra la traverser. Elle va du pied des monts à la Saône. Là, on a les Ambarres au sud et les Éduens au nord. Ils font du bon vin !

Dolvidix s'approche du groupe et, debout le dos au foyer, dominant celui qui vient de parler, d'un ton calme et très mesuré, il prend à son tour la parole :

— Tu as certainement raison de redouter le pire, mais tu ne devrais pas en parler. Nous ne pouvons plus retourner en arrière. Notre courage est là. Nul n'a le droit de regarder ailleurs que bien en face.

L'ancien parlementaire se contente d'un soupir. Un long moment de silence se fige avec juste le claquement des étincelles qui viennent gicler aux pieds des gens assemblés en cercle. Il semble que quelque chose de beaucoup plus lourd que les nuées pèse sur le camp. Après ce silence dont l'épaisseur les a tous impressionnés, le bruit que fait un cheval en battant du sabot paraît énorme. C'est comme un signal. Les gens commencent à se lever et à regagner leur char ou leur tente. Sadko s'éloigne à son tour. À Dolvidix qui marche à sa droite, il demande :

— Là où nous allons, est-ce que le Rhône va aussi ?

Le vieux s'arrête et lève les yeux vers lui. Dans la clarté d'un autre foyer dont ils se sont approchés, son visage reflète un grand étonnement.

— Bien sûr que non, dit-il. Nous allons le suivre longtemps. Mais nous le laisserons s'en aller vers la route où le soleil se trouve à midi. Nous, nous continuerons vers la grande eau où il s'endort.

Sadko ne dit plus rien. Il vient de se passer en lui quelque chose de très douloureux. Il va donc devoir s'éloigner de cette eau qui porte Rotchka et les siens. Jusqu'à présent, il a suivi ce fleuve avec la certitude que, bientôt, une bataille se livrerait où il trouverait la mort que souhaitent tous les hommes attachés à la guerre. Son corps lancé au fleuve irait rejoindre le corps de celle qui lui manque tant. S'il s'éloigne de ce rivage, où ira-t-il ? Vers quelles terres, vers quelles eaux ? Il perdra Rotchka et ses amis pour toujours. Comment se retrouveront-ils dans les immensités où doivent errer les âmes ?

Tandis que Dolvidix s'en va sous la tente,

Sadko se dirige lentement vers le fleuve. Assis sur une roche, il scrute la surface à peine visible. Il écoute le frôlement de l'eau contre la rive et il lui semble qu'une voix l'appelle.

38

Sadko est resté longtemps assis au bord du Rhône. Quelques passages de nuées moins épaisses ont, à plusieurs reprises, laissé filtrer un clair de lune légèrement voilé. Des reflets blêmes ont verni les remous.

Sadko a fini par se décider à rentrer. Sans bruit, il s'est allongé sous cette tente de peaux où les autres dorment depuis longtemps. Il ferme les yeux mais le sommeil refuse de venir. Le visage de Rotchka est là, beaucoup plus net, beaucoup plus vivant encore qu'il ne l'était à la surface du fleuve. Il n'est plus un remous éclairé par une lune voilée, c'est le plein soleil qui lui redonne cette vie que le Rhône lui a prise. Et ce visage sourit. Il semble pleinement heureux. Autour de lui, d'autres visages s'éclairent aussi que la même joie semble habiter. Et ces femmes, ces enfants, ces hommes ne sont plus à fleur d'eau. L'univers où ils se meuvent est un pays que Sadko retrouve avec une émotion douloureuse. Un mot est en lui :

— Baïkal !

Il le murmure plusieurs fois sans vraiment remuer les lèvres.

Durant un long moment, Sadko essaie de se représenter ce vide certainement immense où sont tous les morts. Que le soleil s'y enfonce, c'est une chose que l'on peut comprendre, mais si ce vide se trouve où s'arrête la grande eau, comment ne coule-t-elle pas sur les morts ? Et sur quoi vont-ils ? Est-ce qu'il y a, comme certains le prétendent, de grandes barques qui naviguent dans la lumière ? Des savants ont parfois expliqué que les embarcations où se trouvent les morts se déplacent sur les rayons du soleil comme les barques sur le Baïkal. Des hommes proches des divinités ont dit à Sadko, quand il était enfant, que les morts sont très puissants. D'où ils sont, ils peuvent observer les vivants. Ils ont également le pouvoir de les appeler. De les faire venir à eux quand ils éprouvent le besoin de leur présence.

— Est-ce que Rotchka va bientôt m'appeler ?

Allongé à côté de Sadko, le vieux Dolvidix vient d'être réveillé. Sans s'en rendre compte, Sadko a parlé fort. Le vieil Helvète se soulève sur un coude et demande :

— Qu'est-ce que tu as dit ? C'est l'heure de partir ?

— Non, j'ai rien dit.

— Tu as parlé. Tu as presque crié. Tu devais rêver.

À voix basse, Dolvidix ajoute :

— Tu es comme moi, l'inquiétude te tient. Elle te suit jusque dans ton sommeil. Et je suis certain que nous ne sommes pas les seuls.

Il hésite avant d'ajouter encore plus bas :

— Ce départ est une folie. C'est Orgétorix qui l'a voulu. À présent, il est mort. Et plus j'y pense, plus je crois qu'il s'est suicidé. Certains prétendent qu'il a été assassiné, ce n'est pas possible. Il était trop méfiant. Trop malin. Seulement, son orgueil l'a perdu. Il s'était vu le maître de toutes les Gaules et, d'un coup, il a compris que c'était impossible. Qu'on allait le condamner pour sa folie, alors il a préféré en finir.

Il laisse passer un long moment habité par le ronflement des dormeurs puis, avec un énorme soupir, il ajoute :

— Il est parti et il nous a laissés dans la pire des situations...

Le vieux se tait. Le ronron de son propos a presque endormi Sadko que le silence réveille. Il dit :

— On ne peut que suivre le mouvement.

Silence. Les ronflements font partie de ce silence. Le vieux se tourne et se retourne plusieurs fois puis, approchant sa tête de l'oreille de Sadko, bien qu'il sache que pas un autre Helvète ne comprend la langue du Baïkal, il murmure :

— Moi, si j'étais plus jeune, je foutrais le camp dans les monts du Jura. Je suis certain qu'il y a des forêts où un bon chasseur peut se cacher et vivre à peu près tranquille. Et même vivre très longtemps !

Il se tait. Puis, comme Sadko ne répond pas, il soupire encore en concluant :

— Oui, je le ferais. Mais je suis trop vieux... Et je suis lié à mon peuple.

Sadko ne répond toujours pas et Dolvidix lui tourne le dos. Quelques minutes passent et son ronflement se mêle à celui des autres.

Par la fermeture de la tente mal attachée, une clarté laiteuse se devine. Déjà le jour avance. Sadko sent monter en lui une onde de fatigue, mais il ne veut pas dormir. Il redoute que le sommeil ne le sépare de Rotchka dont le bavardage du vieil Helvète l'a déjà éloigné. Il doit faire un effort pour la retrouver. Il pense à ces monts du Jura dont le vieux a parlé, mais il ne veut pas s'éloigner du fleuve. Tant qu'il peut rester sur la rive, il a le sentiment que celle qu'il aime l'accompagne. Que rien ne peut les séparer. Si par chance il venait à prendre part à une bataille non loin du fleuve et qu'il soit tué, on jetterait son corps à l'eau et Rotchka le recevrait. Il est de plus en plus persuadé qu'elle l'attend.

Et puis, il est guerrier. Les Helvètes l'ont très bien accueilli. Ils ont soigné ceux de ses compagnons que la crue avait blessés. Ils lui ont donné à boire et à manger. Est-ce que ce sont des choses que l'on a le droit d'oublier ? Si les Helvètes ont à se battre pour gagner la terre de Saintonge, son devoir est de lutter à leur côté.

Sans bruit, Sadko se lève. Il soulève doucement les peaux qui ferment la tente et il sort. Le soleil n'est pas encore levé mais, par-dessus les brumes qui couvrent le lac, une lueur rose monte. À travers les vapeurs, on sent la masse mauve des Alpes. Tout près, l'eau se colore et déjà ses remous se dessinent comme si le Rhône ouvrait les yeux.

39

Le matin a pris feu d'un coup. Le ciel s'est mis à souffler sur les brumes qui fuient vers la vallée où elles commencent à couler comme un fleuve lent, couvrant un fleuve plus vif. Les ruisseaux qui descendent des hauteurs où fondent les neiges et les glaces chantent plus clair. Mais ils ne chantent que pour le ciel. On dirait que le vent a saisi le soleil dans ses mains en corolle et qu'il le soulève. Des oiseaux montent dans la lumière neuve, d'autres plongent vers ces vapeurs du matin où ils disparaissent.

Les camps sont réveillés. Partout on démonte les tentes. Ceux qui avaient construit des cabanes en roseaux les vident de tout ce qu'elles contiennent puis y mettent le feu. La fumée se mêle à la brume mais, bientôt, le vent qui dévale des montagnes disperse tout. Divico a donné des ordres précis. Un de ses lieutenants nommé Matugénia arrive. Il monte une belle jument grise un peu lourde mais pleine de sang. Il explique :

— Nous allons former l'avant-garde. Les Baïkals seront avec nous. Il nous faut des gens rapides, ils le sont, et des gens solides, nous le sommes et nos chevaux aussi.

C'est un grand gaillard très rouge de figure, large et épais. Un peu ventru mais qui doit savoir se battre. Il s'approche de Sadko et de ses hommes et, parlant lentement, il poursuit :

— Nous sommes des milliers et nous allons nous engager sur une route où, très souvent, on ne peut passer deux de front. Les chars auront du mal. Mais des hommes seront là pour couper des arbres et élargir le passage s'il le faut. Seulement, couleront deux journées pleines avant que l'arrière-garde s'ébranle à son tour.

Les cavaliers helvètes et ceux du Baïkal partent vers le milieu de la matinée. Ils sont directement suivis par une troupe à pied puis par les premiers chariots. Au début, la route est assez bonne. Elle suit à peu près la rive droite du Rhône qu'on voit miroiter au soleil entre les arbres et les buissons. À cause des chars lourdement chargés et des fantassins, les cavaliers ne peuvent marcher qu'au pas. Quand un obstacle s'annonce, ou une montée qui peut cacher un piège, quatre d'entre eux partent au trot et poussent une reconnaissance en dehors du chemin.

Il y a plus de deux heures qu'ils marchent quand ils atteignent un vallon que surplombent des pentes boisées. Matugénia tend le bras vers la hauteur et dit :

— À toi, Sadko, va voir ce qu'il y a là-haut.

Puis il s'adresse à deux de ses hommes :

— Vous deux, vous allez avec lui. Et vous êtes à ses ordres.

Ils partent au grand trot. Navra a très vite quelques longueurs d'avance sur ces chevaux plus lourds qui peinent dans la montée. Dès qu'ils sont en haut, ils font le tour du petit bois où une coupe commencée a été abandonnée. Une cabane a brûlé. Les cendres sont encore tièdes mais ne fument plus. D'où ils sont, les trois hommes peuvent observer la vallée assez loin vers l'aval et encore plus loin en amont. Toute la route qu'ils viennent de parcourir est là qui serpente au bord du fleuve. À perte de vue elle est encombrée de cavaliers, de chariots, de piétons. Et en queue de ce long serpent, une foule compacte se devine sous la lumière qui ruisselle d'un ciel éclatant.

L'autre rive aussi est très visible. On peut d'ici contempler la longue muraille construite par les Allobroges et leurs alliés. Des éclats de lumière montrent que des hommes en armes montent la garde sur ces fortifications. Derrière, on aperçoit des convois. Quelques troupes qui vont et viennent. D'autres qui semblent manœuvrer.

— Rien à craindre ici, constate Sadko. Allons !

Ils redescendent au trot et vont rendre compte à leur chef qui déclare :

— Rien à craindre pour l'heure, mais ils choisiront un endroit plus propice pour nous attaquer.

— Pourtant, si un accord est intervenu, si des otages ont été échangés...

Le lieutenant part d'un gros rire :

— Tu n'as rien compris, Baïkal. C'est avec les gens de ces montagnes qu'on a obtenu un accord. Un droit de passage. Pas avec les Romains. Et je peux te dire que ces gens qui se voudraient les maîtres de toutes les Gaules n'ont certainement pas oublié le joug. Passer sous le joug, pour un guerrier, c'est la pire des humiliations.

Le cavalier helvète se penche vers Sadko qui chevauche à sa gauche. Son regard est dur. Pas vraiment sombre, mais comme chargé à la fois de haine et d'angoisse. D'une voix qui ne tremble pas mais qui vibre un peu dans les basses, il raconte :

— Vois-tu, mon père qui était très jeune a pris part à cette bataille. Il m'a toujours dit que les Romains, s'ils ne nous valent pas, sont tout de même de fameux guerriers. Et très bien armés. Bien entraînés, bien équipés et avec des chefs très malins. Mon père prétendait qu'ils avaient été trahis. Enfin, personne ne saura jamais exactement ce qui s'est passé. Mais il avait assisté au passage sous le joug. Et ce qu'il en avait retenu de plus marquant, c'est le regard de ces hommes obligés de se courber en deux. Mains liées dans le dos. La haine qu'il y avait dans leurs yeux... De chaque côté, des guerriers de chez nous brandissaient au bout de leurs piques des têtes coupées. Des têtes de Romains... Un officier helvète leur flagellait le dos au moment où ils allaient se relever. Pas pour les torturer. Non, sans taper très fort, juste un coup d'une brindille de noisetier. Juste pour les humilier.

Il se tait. Se retourne sur le convoi qui suit toujours puis, ayant regardé le fleuve verni de soleil, il ajoute :

— Mon père était déjà officier. Très jeune, il n'avait pas le droit de donner son avis. Il m'a répété souvent : « On peut faire subir bien des choses à un ennemi vaincu, mais il y en a une dont il faut se garder : c'est de l'humilier. » Ces hommes s'étaient bien battus. Ils avaient droit à notre respect. Mais il paraît que même des enfants leur criaient des insultes, leur crachaient au visage et leur lançaient des pierres.

Le cavalier helvète se tait. Sadko regarde souvent du côté du fleuve. Des buissons, des saules, de hauts peupliers le bordent sur les deux rives. Son eau étincelle, hachée par les branchages. Les remous ne peuvent plus dessiner un visage. Pourtant, Rotchka est là. C'est une certitude absolue. Elle ne peut pas se trouver ailleurs. La mort ne parvient jamais à séparer ceux qui s'aiment vraiment.

Après un long moment de marche sans un mot, Sadko se tourne vers l'officier helvète et demande :

— Tu penses qu'ils nous attaqueront pendant qu'on est au bord du Rhône ?

Le lieutenant n'hésite pas un instant.

— Ils le feront, dit-il. S'ils ne profitaient pas d'un défilé pour tendre une embuscade, c'est qu'ils auraient perdu le sens de la guerre.

Sadko ne répond pas. Une joie inconnue coule en lui.

40

La longue file des Helvètes s'est arrêtée bien avant la tombée de la nuit. Car il était nécessaire de s'organiser, monter des tentes, couper du bois, allumer des feux, laisser aux chevaux le temps d'aller boire, de brouter et de dormir un peu. Ce n'est pas un campement que l'on dresse, c'est un long ruban de chemin qui devient camp. On place des sentinelles le long du Rhône, d'autres sur le chemin en avant et en arrière et d'autres, plus nombreuses encore, sur les points d'où elles dominent la vallée. Matugénia s'en charge pour les premiers chars en maugréant :

— C'est de la fatigue perdue. Du repos gaspillé. Ils ne viendront pas nous attaquer ici. Dix hommes suffiraient pour veiller sur tout le convoi.

Alors qu'il vient de poster les cavaliers du premier tour de garde, Sadko lui demande :

— À ton avis, nous traînons combien de personnes derrière nous ?

— Les grands chefs affirment que nous sommes plus de deux cent cinquante mille Helvètes. Les gens ont été comptés avant le départ. Plus de trente-cinq mille Tulinges, quinze mille Latobriges, trente mille Rauraques et à peu près autant de Boïens. Tu vois un peu. C'est un pays en marche... Plusieurs pays qui vont chercher une terre !

— Et combien d'hommes peuvent se battre ?

— Pas plus de quatre-vingt-cinq mille.

Il marque un temps avant d'ajouter :

— C'est beaucoup mais, face aux Romains, c'est rien.

Sans doute parce qu'il a été élevé par un père pour qui les Romains étaient les pires adversaires, le lieutenant Matugénia semble à peu près le seul à redouter vraiment une attaque des troupes de César. Des espions venus du pays des Allobroges affirment que César a repris le chemin de Rome. Il n'a laissé, pour occuper les Savoies, qu'une seule légion qui tient surtout les remparts édifiés le long du Rhône. Et les gens disent :

— César s'en moque. Pourvu qu'on ne traverse pas les provinces sur lesquelles il a posé sa patte griffue, on ne risque pas qu'il nous attaque.

La fatigue pèse trop lourd pour que les veillées s'éternisent. Tous ceux qui n'ont aucune garde à monter s'en vont dormir le plus vite possible. Les nuits sont froides mais le temps reste beau et, durant les journées, le soleil donne dru sur tout le pays. Chaque soir, il plonge derrière la pointe sud des monts du Jura et tous ont grande hâte d'atteindre les lieux d'où ils le verront s'endormir dans l'eau immense.

Peut-être parce que la perspective d'une

bataille sur le bord du Rhône s'éloigne, Sadko sent de plus en plus nettement la présence de ses morts emportés par le fleuve. Plus il s'éloigne du Baïkal, plus le Léman et ce qui l'entoure se rapprochent de lui. Souvent, au cours de son sommeil, il revoit le long hiver blanc avec les glaces qui bloquent le lac sur toute son étendue. Les chevauchées sur cet immense miroir où le vent du nord fauche bas. Et, presque toujours, ce rêve finit par le réveiller au moment où, condamné et abandonné de tous, il est traîné par son cheval qui le sauvera de la mort.

Et lorsqu'il émerge de son sommeil, le premier visage qu'il trouve face à lui, dans l'obscurité de la tente, est celui de Rotchka.

Durant les gardes, s'il est en compagnie de Tamar, ils parlent du Baïkal. Tamar aussi dit qu'il lui arrive d'en rêver. Dans la journée, s'ils chevauchent côte à côte, ils en parlent également, mais sans doute parce que le soleil très vif porte vers la joie, c'est alors pour se souvenir de grandes pêches ou de journées de chasse. Car ce sont des moments qui leur manquent.

Plus ils avancent, plus la route devient pénible. Pas tellement pour eux dont les montures peuvent franchir tous les obstacles, que pour les chariots. Souvent ils doivent s'arrêter, mettre pied à terre, et retourner en arrière pour aider à sortir d'un bas-fond bourbeux un char à moitié versé. Il y a des moments extrêmement douloureux avec des enfants blessés.

À présent, chaque fois que se présente un étranglement, on oblige les mères à passer à pied avec leurs enfants sur les bras. À plusieurs reprises, Sadko fait monter des garçons sur son cheval. Là aussi il se rappelle le long parcours dans les steppes avec, chaque matin, devant lui, un enfant qu'il récompensait ainsi. Mais presque tous ces petits qu'il a pris sur sa monture sont morts.

Morts à cause de lui. Et c'est une pensée qui suffit à envelopper de grisaille les journées les plus lumineuses.

Car, sous un ciel toujours clair, le pays est très beau avec, sur la droite, les monts, les coteaux et les falaises du Jura et, sur la gauche, la vallée où les passages profonds sont de plus en plus nombreux. Souvent, le fleuve disparaît complètement entre les parois de roches. Si le convoi marque une halte à ce moment-là, Sadko s'avance près de cette crevasse où les eaux semblent s'être perdues à jamais. Il écoute. Leur grondement lointain est une énorme respiration, presque un râle. Un peu comme si des morts se trouvaient tout au fond, à gémir et à se plaindre.

Est-ce que Rotchka est là, dans ces profondeurs d'où monte parfois une buée pareille à une respiration d'hiver ?

Est-ce que le fleuve ne va pas se perdre dans la nuit de la terre avant que les morts qu'il a pris ne puissent atteindre l'infini où meurt le jour ?

Un soir, le convoi fait halte au moment où son avant-garde se trouve en un tel lieu. Sadko désigné pour le deuxième tour de garde remplace un Helvète assez âgé, qui lui dit :

— Si tu aimes la musique, tu vas être servi. Écoute le fleuve. Il gronde bigrement.

Sadko écoute. La voix du Rhône est impressionnante. Beaucoup plus qu'un souffle, c'est un remuement de blocs sonores. Le factionnaire relevé explique :

— Il a fait très chaud aujourd'hui. Le vent du Sud a soufflé et il souffle encore. Les glaciers fondent. Toutes les rivières qui descendent des Alpes doivent être en crue. C'est ce qui fait enfler le Rhône.

Il fait faire trois pas à son cheval qu'il arrête. Se retournant, il lance :

— Si tu t'endors, c'est pas dangereux. Faudrait que des hommes soient rudement fous pour essayer de sauter par-dessus cette crevasse. Un qui tomberait là au fond n'aurait guère de chances de s'en tirer vivant.

Sadko ne répond pas. Pour lui, il est évident que ce qu'on entend là est la plainte et peut-être la colère des morts.

QUATRIÈME PARTIE

Un long chemin

41

Il a fallu plus de quarante longues journées aux Helvètes et à leurs amis pour traverser le territoire des Séquanes avec qui ils avaient échangé des otages. Après, ils ont quitté ces terres mouvementées du Jura pour entrer dans la plaine bressane, le pays des Éduens. Avec ce peuple-là, ils n'ont passé aucun accord. S'il leur reste encore beaucoup de blé, en revanche, ils commencent à manquer de viande. Ils ont emporté peu de fourrage pour les chevaux et le bétail qui entrent dans les champs et se mettent à brouter le blé et d'autres céréales en herbe. Il y a des accrochages sérieux, mais que peuvent quelques laboureurs contre tout un peuple ?

Le troisième jour, le véritable pillage commence. Toutes les réserves des habitants des fermes isolées ou des villages qui se trouvent sur le chemin de l'interminable file de migrants sont visitées. Les caves, les granges, les étables, rien n'est épargné.

Et ce que les Helvètes apprendront plus tard,

c'est que les Éduens, dès les premières maraudes, ont envoyé des messagers à la rencontre de César.

Car César, s'il est bien parti à Rome, n'y est resté que le temps de former une véritable armée.

À marches forcées, ses légions viennent de franchir les Alpes et se hâtent pour couper la route aux Helvètes. Les Romains entretiennent des espions dans toute la Gaule.

Divico et ses lieutenants estiment que, s'ils traversent la Dombes et passent sur l'autre rive de la Saône, les Romains ne pourront pas les poursuivre. Il faut presser le pas, mais un très grand nombre de chars sont tirés par des bœufs. Un bœuf même très bien nourri et mené par un bon piqueur ne peut parcourir plus de sept lieues par jour. Et si le trajet est trop long, il faut à cette bête une journée de repos tous les huit jours. Plusieurs ont déjà dû être abattues, ce qui a contraint à l'abandon de quelques chars que l'on tente de brûler pour ne rien laisser à personne.

Une fois sur les terres de Bresse qui sont une vaste plaine, les chefs décident de couper au plus court. Passant à travers prairies et labours, écrasant tout, les migrants lèvent contre eux toutes les populations des régions traversées. Et bien des habitants fuient comme ils ont fui devant les barbares.

La Bresse est assez vite passée. Pour la Dombes, voyant là aussi une région à peu près plate, les chefs décident de couper au plus court, mais la Dombes est semée de marécages et d'étangs.

Dix fois, les premiers chars s'embourbent. Là où passent aisément des chevaux montés, les voitures surchargées enfoncent. L'eau et la vase sont à fleur de sol.

Un temps précieux est perdu à tirer de la boue des chariots pris jusqu'aux essieux. On doit dételer les bœufs les plus robustes et les atteler à la place des chevaux qui renâclent.

Au terme d'une journée très pénible, deux chariots s'enlisent. On venait d'en changer les attelages quand un orage d'une rare violence a éclaté. La foudre tombe à moins de cent pas de la tête du convoi sur une petite peupleraie où trois arbres énormes flambent comme des torches. Les enfants et quelques femmes hurlent. Le ciel crève tel un énorme sac percé. Même les chevaux non montés et les hommes à pied ont bientôt de la boue et de l'eau aux genoux. On doit très vite dételer les bœufs et les laisser partir.

— Faut abandonner ces chariots. On les sortira jamais de là !

Les voitures s'enfoncent à vue d'œil. La plus lourde qui est aussi la plus haute se couche bientôt, poussée par le vent qui hurle à ras de terre en soulevant des vagues boueuses.

Les propriétaires du char se lamentent. Une femme pleure. Un vieux ne cesse de répéter que ce voyage est une folie. Plusieurs hommes, dans la boue et sous le déluge, se démènent pour sauver le peu qu'ils parviennent à tirer de dessous les peaux recouvrant le chargement. Après un long moment, comme la nuit approche, ceux qui commandent donnent l'ordre d'abandonner le char et de rejoindre le convoi qui a obliqué. Sadko, dont le cheval est un de ceux qui se comportent le mieux dans cette terre gluante, est l'un des derniers à renoncer. Il a réussi à sauver de l'enlisement des couvertures et une grande corbeille contenant des objets en métal. Il les porte vers une voiture où des gens ont recueilli les enfants des naufragés. Il est en train de tendre ce qu'il a apporté à deux femmes montées sous la bâche quand il entend des cris et des insultes. Il se retourne. Un éclair illuminant le ciel lui montre deux hommes qui en tiennent un troisième.

— Qu'est-ce qu'il y a ? crie Matugénia qui a dirigé les opérations de sauvetage.

Un autre éclair montre le trio. Les deux hommes traînent un garçon d'une douzaine d'années qui se débat.

— Il s'est glissé sous la couverture du char. Il a volé un couteau !

Le captif crie :

— Non, je voulais leur donner.

— Pas vrai, tu l'as jeté quand tu as vu que tu allais être pris.

— Je l'ai pas jeté. Il est tombé.

Calmement, Matugénia ordonne :

— Emmenez-le. Il sera jugé.

Le convoi reformé s'est remis en marche. Seuls les éclairs et une vague lueur du crépuscule blême permettent encore de se diriger. Divico a repéré une colline où il fait monter tout son monde. Le haut de cette éminence est occupé par un petit bois. Le reste est semé de céréales qui sont bientôt piétinées. Quand tous les chariots, tous les cavaliers et tous les fantassins sont groupés, la plupart des gens s'entassent sous les bâches des chariots. Nul ne peut, sous ce déluge, entreprendre de monter une tente. Les chefs placent des factionnaires tout autour de la colline.

La pluie a cessé, mais de lourdes nuées courent encore et un mauvais vent d'ouest chargé d'humidité menace cet univers détrempé.

Sadko prend la garde pour le premier tour avec un cavalier helvète nommé Génasa. Un jeune garçon dont il apprécie la franchise et la politesse. Il lui demande :

— Que crois-tu qu'ils vont faire à celui qui a volé ?

— Peut-être le fouet.

— Tu le connais ?

— Oui. Et je sais que c'est un voleur. Il se nomme Aptus.

— Quand vont-ils le juger ?

— Sûrement bientôt.

— Et qui va le juger ?

— Divico et des chefs.

La pluie se remet à tomber, plus fine et plus froide aussi, toujours lardée de vent d'ouest qui hurle dans la nuit épaisse.

42

Sadko ne connaissait pas ce jeune voleur, mais sa vision est en lui. Cette forme mince traînée par deux soldats et entrevue le temps de quelques éclairs ne veut pas le quitter. Couché sous un char où l'on a posé quelques bottes de paille, il lui faut très longtemps avant de pouvoir trouver le sommeil. Parce qu'il a lui-même été condamné, il ne cesse de penser à ce garçon. Où est-il ? Ici, on ne peut enfermer personne dans une cabane. Sans doute a-t-il été attaché. Des hommes doivent le surveiller. Il a volé un couteau et il est probablement gardé par des soldats qui ont pillé des fermes. Bien sûr, ce n'est pas la même chose. Les soldats pillent pour manger et au détriment d'inconnus.

Sadko tente de comprendre. De se dire que les chefs ont certainement raison de vouloir punir ce garçon. Après tout, quelques coups de fouet sur le dos lui enlèveront l'envie de recommencer.

Il ne s'endort que très tard pour se réveiller bien avant l'aube, triste que cet inconnu ait pu prendre pendant si longtemps la place de Rotchka dans sa pensée. Il est fatigué et, pourtant, il éprouve le besoin de se lever. Sans réveiller ceux qui, comme lui, ont passé la nuit sous ce char, il se glisse dehors. Le ciel s'est débarrassé de ses vapeurs. Le vent a tourné au nord et le froid est assez vif. Sadko se dirige vers un feu que des veilleurs ont allumé et entretenu toute la nuit entre des voitures. Le bois est vert et mouillé. Quelques petites flammes se couchent entre de grosses pierres où s'entassent de la cendre et des braises.

Sadko s'avance. Quatre hommes sont assis. Trois qu'il ne connaît que de vue et Dolvidix qui lui dit tout de suite :

— Toi non plus, tu ne dors pas ?

— Non.

— Viens, il y a à boire chaud.

Le vieil homme lui tend un gobelet de terre. Sur une des pierres formant le foyer se trouve une sorte de pot en bronze qu'il soulève.

— Tu vas boire ça. C'est fait avec des herbes que je connais bien. Ça donne des forces.

Sadko vient de s'asseoir sur une auge renversée et porte le gobelet à sa bouche quand il entend un gémissement venu de l'ombre derrière lui. Il se retourne et doit attendre quelques instants que son regard s'habitue à la pénombre pour distinguer une forme humaine contre la roue du chariot.

— C'est. C'est le...

Il s'arrête, ne sachant pas s'il doit dire le prisonnier ou le voleur.

— Oui, fait un des soldats. C'est ce petit moins-que-rien.

Le garçon attaché gémit :

— J'ai soif.

— Tu boiras demain. Ça m'étonnerait que tes juges te donnent pas du bon vin à boire à leur santé.

Sadko constate que le vieux Dolvidix ne rit pas avec les autres. Il ne dit rien mais les gémissements du garçon attaché lui sont pénibles à entendre. Il boit cette eau chaude très parfumée puis, se levant, il se met à marcher. Il finit par retourner se coucher. Il s'efforce de ne penser qu'à Rotchka et à ce fleuve dont ils se sont éloignés, mais le voleur de couteau continue de le poursuivre.

Quand le jour pointe et que les chefs passent en appelant, il est le premier à sortir de dessous cette voiture. Tout de suite, il fait quelques pas en montant à flanc de colline pour essayer de voir le prisonnier. Le feu fume toujours. Le char n'a pas changé de place, mais le garçon n'est plus attaché à la roue. Sadko va seller Navra et l'enfourche pour se diriger vers ce foyer où quelques personnes sont rassemblées. Quand il y parvient, Dolvidix qui l'a vu arriver se dirige tout de suite vers lui. Il est en train de manger une tranche de pain noir. Il demande :

— Est-ce que tu as faim ?

— Bien sûr.

Le vieil homme va jusqu'au cul du char et en revient avec une épaisse tranche de pain.

— Tiens, mais je n'ai rien d'autre.

Sadko a envie de demander où se trouve le jeune voleur et il voit très bien que Dolvidix a également envie de lui en parler. Entre eux, un silence long et pénible pour l'un comme pour l'autre. Sadko descend de cheval et mange une bouchée de pain avant de se décider à demander :

— Ils l'ont jugé ?

Le vieux fait oui de la tête.

— Ils l'ont condamné ?

Le vieux fait encore oui avec une curieuse grimace.

— Et alors ?

Dolvidix se tourne vers la pente de la colline qui s'en va doucement jusqu'à l'immensité des terres gorgées d'eau où scintille la clarté de l'aube.

— Regarde !

Il tend la main vers une prairie bordée par une terre labourée. L'eau allonge des traits de ciel entre les sillons. Pas très loin du chemin, un homme creuse la terre. Une dizaine de soldats se tiennent à côté. Les armes et les casques brillent comme l'eau des sillons.

— Mais... qu'est-ce qu'ils... ils l'ont pas tué ?

Le vieux fait non de la tête puis ajoute très bas :

— Pas encore.

— Ils vont le tuer ?

Un oui à peine perceptible. Sadko attend quelques instants avant d'oser demander :

— Comment ?

— Tu vois. Ils creusent.

— Mais ils vont le tuer comment ?

Il faut peu de temps pour poser cette question, mais assez pour que Sadko se voie près du Baïkal, face à celui qui l'avait condamné puis attaché à son cheval et glissant sur la glace vers la mort promise. Il ferme les yeux pour les rouvrir au moment où le vieil Helvète dit d'une voix presque tranquille :

— Ils vont le mettre vivant dans ce trou.

Sadko qui ignore cette forme de supplice est un instant effrayé. Là encore, il revoit le lac gelé où Navra galopait en le tirant. Il entend très nettement le crépitement de la glace et le bruit des sabots. Il retrouve même la douleur de son dos et le raidissement de sa nuque que l'effort engourdissait. Il murmure :

— Vivant... dans la terre ?

Mais il a parlé trop bas pour que les autres l'entendent.

La fosse qu'on creuse est assez loin, mais Sadko devine tout de même que de l'eau y vient. Il se fait un mouvement parmi les soldats qui se tiennent près de ce trou.

— Tu vois, fait Dolvidix. Le malheureux se débat. Déjà tout à l'heure, quand ils l'ont amené, ils lui ont cogné dessus pour qu'il avance.

Sadko ne réagit plus. Il n'est plus là. Il se trouve de nouveau dans son pays, attaché derrière un cheval qui n'est pas Navra. Un cheval qui refuse d'obéir à sa voix et galope en le tirant jusqu'aux portes du monde où vivent les morts.

43

L'ordre arrive. Des cavaliers le portent partout sur la colline :

Laissez les chars où ils se trouvent avec seulement, dedans, les enfants et les vieillards incapables de marcher. Tous les autres au pied de la colline, autour des hommes en armes et du prisonnier.

Seul le chariot où se tient Divico descend pour s'arrêter à côté de la fosse. Une fosse tout juste assez large pour qu'un homme puisse s'y tenir debout.

Sadko met son cheval au pas et descend avec les cavaliers de son unité. Comme il va lentement, le lieutenant Matugénia lui lance :

— Tu dois te tenir à ma hauteur !

Il presse un peu Navra et se tient à la droite de l'officier helvète. Dolvidix est juste derrière lui.

Arrivés à quelques pas de la fosse, ils s'arrêtent. Toute la cavalerie est là, à gauche, à droite et derrière eux. De cette masse de chevaux montent une buée odorante et un bruit continu de piétinement dans la boue et de respiration forte avec des raclements de gorge. En face : les troupes à pied. Formant le rectangle aux deux bouts, la foule de ceux qui ne portent pas d'armes. Le char de Divico se trouve au premier rang des fantassins, à peu près en face de Sadko et de ses compagnons. Un long moment est nécessaire pour que tout le monde se mette en place. Le bruit entre dans la tête de Sadko mais il n'y prête aucune attention. Seul demeure en lui le souvenir des cris et des gémissements du prisonnier. L'homme est juste en face devant le char de Divico, tenu par quatre soldats. Il doit encore crier ou gémir, mais le brouhaha de la foule couvre sa voix. Il est blême. Il a un visage d'enfant avec des yeux clairs immenses, agrandis encore par la peur. Son regard va de la fosse ouverte au ciel où grandit la lueur du matin. Un ciel pur. Très clair où, bientôt, montera le soleil d'un beau jour. Et le garçon doit se dire qu'il ne verra pas le soleil. Sans doute refuse-t-il encore de croire à la mort. Il doit se dire qu'on veut lui faire peur. À la dernière minute, Divico va lancer l'ordre de couper cette corde qui colle ses bras à son corps. Il doit frissonner. Mais il ne peut pas être sans une lueur d'espoir.

Un enfant !

Soudain, la foule se tait. Seul continue de monter le bruit que font les chevaux. Au loin, un bœuf meugle longuement.

Divico vient de se hisser sur l'avant de son char. Il se tient debout sur la planche qui sert de siège au cocher. Lentement, il lève le bras. Le silence s'épaissit encore. Dans l'air immobile où grandit la lumière, une alouette monte. Elle s'élève droit au-dessus de la fosse.

Elle lance par trois fois son long cri pointu :

— Triri... triri... triri...

Comme s'il attendait ce signal, Divico lève le bras droit en direction du prisonnier et lance :

— Cet être va mourir ! Il a mérité son châtiment. Quand tout un peuple se trouve dans la tourmente, chacun doit avoir à cœur de se comporter bien. Nous qui l'avons condamné nous savons que cette peine qu'il va subir servira d'exemple. Nul n'a le droit de faiblir. Nul n'a le droit de trahir. Le vol qu'il a commis est une trahison.

Comme il descend de son perchoir, la voix, terrible, presque distordue du garçon s'élève :

— Non ! Non ! Pardon ! Pardon !

Les hommes le poussent en avant et son cri se brise. Un murmure monte de la foule. Une fois encore le cri de l'alouette perce le ciel. On dirait qu'elle appelle ce malheureux.

Comme il refuse d'avancer, les hommes le soulèvent et le portent jusqu'à la fosse où ils le laissent tomber debout. L'eau gicle. Elle lui arrive à la poitrine. De nouveau, il hurle mais, déjà, deux soldats lancent de la terre. Il reçoit une pelletée de boue en plein visage.

De la foule qui se tient à l'extrémité du rectangle, monte un cri déchirant. Un mouvement se fait. On emporte une femme évanouie. Dolvidix dit :

— C'est sa mère.

Il y a quelques cris d'autres personnes mais,

très vite, le silence revient. La foule s'écarte devant les hommes qui emportent cette femme toujours inanimée.

Sadko voudrait bondir et se battre pour arrêter les pelleteurs de boue. Il ne bouge pas. Une cuirasse de plomb l'enveloppe. À trois reprises encore, malgré la boue qu'il reçoit en pleine face, le garçon pousse des hurlements. Et puis, d'un coup, il disparaît. Il a dû s'affaisser. La terre continue de tomber dans cette boue où plus rien ne vit. Bientôt, il n'y a plus qu'un carré de terre sans herbe pour marquer le lieu où un garçon vient de disparaître. Sadko ne peut chasser de lui l'image de ce corps debout, peut-être à présent recroquevillé dans cette terre gorgée d'eau où il va rester seul.

Et le cavalier du Baïkal revoit le Rhône aux eaux claires et vivantes qui a emporté les siens vers le royaume des morts.

Les enterrés ont-ils un moyen de s'en aller eux aussi vers la grande eau ?

Au moment où la foule commence de se disperser, le soleil pointe derrière les monts. À présent, le Jura ne se trouve plus où le soleil s'endort. Il est dans la direction du Baïkal et du Léman. C'est lui qui a retenu longtemps le soleil ce matin.

Sadko regarde encore vers le coin de terre où on vient d'enterrer un vivant. Déjà des chevaux et des piétons passent sur la tombe.

44

Les Helvètes ont marché quatre longues journées encore. Le temps s'est mis au beau. Les terres qui se ressuient fument sous le soleil.

Au soir du quatrième jour, des hommes ont dû creuser pour la mère du garçon enterré vivant. La pauvre femme n'a pas résisté à la douleur et son départ a ramené chez Sadko l'idée de sa propre fin. Ceux que le Rhône a emportés sont toujours présents, mais le jeune voleur l'est aussi, et même sa mère, que Sadko ne connaissait pourtant pas.

Vers le milieu du cinquième jour, l'avant-garde voit miroiter un fleuve. Sadko demande tout de suite :

— Le Rhône ?

Matugénia ne sait pas. Il se tourne et demande à Dolvidix :

— Sais-tu le nom de ce cours d'eau ?

— Bien sûr, fait le vieux. Ça ne peut être que la Saône. C'est une rivière très lente. Une rivière de plaines.

— Où va-t-elle ? demande le lieutenant.

— Elle va rejoindre le Rhône.

Sadko sent monter en lui une bouffée de cette joie étrange qui l'étreint chaque fois que, depuis la disparition de Rotchka, on dit quoi que ce soit qui lui montre le sentier de sa propre mort.

Le cours d'eau grandit. Ses rives molles se précisent. Elles ne ressemblent pas à celles du Rhône. Point de rochers. Des terres brunes qui vont jusqu'au flot. Des buissons également et des peupliers, mais qui n'ont pas le même aspect. On dirait qu'eux aussi sont plus mous. À l'image de l'eau où ils puisent leurs forces, ils paraissent ne porter que très peu de vent. Et pas un vent de colère.

Sur la droite, c'est-à-dire en amont de cette rivière, se trouve une colline importante. Ses flancs sont couverts de prairies et son sommet porte quelques arbres maigres. Un village est au pied du coteau qui fait face au soleil. Un village qui a l'air heureux. Plus loin, vers l'amont, on devine une forêt assez vaste.

Dès que l'avant-garde atteint la rive, Matugénia dit à Sadko :

— Nous, nous pourrions traverser facilement avec nos chevaux, mais pour faire passer tout ce monde...

Il n'a pas le temps d'achever qu'un cavalier aide de camp de Divico les rejoint.

— Ordre de monter le camp ici. On va fabriquer des radeaux. J'ai envoyé des cavaliers en reconnaissance vers le sud. Vous irez à votre tour, quand ils seront revenus. C'est de là que peut venir le danger.

Les chariots se placent en un très large cercle.

Déjà, des hommes sont partis en direction du village. Ils en reviennent très vite. Ils poussent devant eux le bétail et des prisonniers portant des haches. Le cavalier qui commande ce détachement crie avec un gros rire :

— Non seulement ils se sont proposés pour nous aider à faire nos radeaux, mais encore ils nous offrent de la viande et même du poisson qu'ils viennent de pêcher. Et ils nous autorisent à abattre leurs arbres !

Les paysans lui lancent des regards pleins de haine. Le cavalier crie :

— Allez ! Au bois !

Et du plat de son épée, il tape sur le dos de ces hommes qui prennent la direction de la forêt.

Durant tout le jour, tandis que ces prisonniers et des bûcherons helvètes abattent et débitent des arbres, d'autres hommes qui ont préparé des traits débardent le bois ainsi fabriqué pour l'amener sur la rive de la Saône. Là, des charpentiers aidés par des paysans et des soldats assemblent ces troncs d'arbres pour en faire des radeaux.

Une partie de la cavalerie s'est éloignée et revient vers le milieu de l'après-midi avec du grain, du vin et des volailles tuées que les femmes se mettent tout de suite à plumer et à vider. Des chiens se tiennent près d'elles pour se disputer la ventraille.

Matugénia rassemble ses hommes :

— Allez, à notre tour !

Ils partent sur la rive en direction de l'aval. Sadko regarde cette rivière qui ne ressemble pas du tout au Rhône. Il faut vraiment l'observer un bon moment pour voir dans quelle direction elle va. Son eau est d'un vert profond. En un endroit où la berge est en pente très douce, les cavaliers font descendre leurs chevaux dans l'eau pour qu'ils puissent boire. L'odeur même de ce cours d'eau n'a rien de commun avec celle du Rhône. Sadko a beau scruter la surface, rien ne semble vivre. Pas même la présence lumineuse des morts.

Ils chevauchent loin sans rien voir de menaçant. Mais bien des maisons, bien des villages ont été dévastés. Les voyant approcher, des paysans se sauvent. Trois cavaliers se détachent du groupe pour aller visiter des fermes. Ils reviennent les mains vides.

— Plus rien. Les camarades ont tout raflé !

— Et alors, ricane Matugénia, vous auriez pas fait pareil, à leur place ?

— On l'aurait fait.

— Vous savez bien que c'est la règle pour toutes les armées : les premiers qui passent se servent. Les autres prendront les restes. Et s'il ne reste rien, ma foi...

Il fait un geste qui signifie qu'on doit se plier à la loi et ne rien dire.

Quand ils reviennent au camp, les premiers radeaux sont construits et on s'apprête à y embarquer des chariots. Un chef qui surveille le chantier lance à Matugénia :

— L'avant-garde embarque. Tu traverses avec tes hommes. Tu montes sur l'autre rive et, si tu ne vois rien de suspect, on commence à passer du monde.

Les chevaux renâclent un peu à l'instant de poser le sabot sur ces bois ronds et glissants.

— Nous, propose Sadko, nous n'avons pas besoin de ça. On a l'habitude.

— À ton aise, répond le lieutenant.

Et les tarpans entrent dans l'eau sans hésiter et se mettent à nager ferme vers l'autre rive. Des chiens suivent. À cet exemple, les cavaliers helvètes se décident et poussent leurs montures vers la Saône.

La traversée est facile. Le courant est si faible que les bêtes peuvent aisément piquer droit sur la rive opposée. Elles prennent pied au bas d'un rivage assez raide mais couvert d'une belle herbe. Les cavaliers montent. De là, ils découvrent une plaine presque aussi large que celle qu'ils viennent de traverser. À peine quelques vagues la portent vers des hauteurs violettes vers lesquelles le soleil descend. Sadko pense à la grande eau. Est-ce que Rotchka y est déjà ? Est-ce que le garçon enseveli vivant a la moindre chance d'y parvenir jamais ? Sadko est absent du moment et la voix forte de Matugénia le fait sursauter :

— Ça m'étonnerait que César vienne jamais nous attaquer jusqu'ici. En tout cas, on le verrait forcément traverser cette rivière. Même si c'est de nuit.

Sadko ne répond pas. Il regarde le premier radeau chargé d'un char se détacher de l'autre rive et approcher lentement.

45

Quand la nuit arrive, les radeaux n'ont pu passer qu'une dizaine de chariots. Un parti de cavaliers helvètes a traversé aussi pour venir renforcer l'avant-garde qui doit assurer la protection de ces chars. Par sécurité, voyant qu'il faudra beaucoup de temps pour construire encore d'autres radeaux, Divico a fait monter tout son monde sur la colline. Comme il redoute vraiment une attaque des Romains, il fait placer les chariots en cercle autour du camp.

Matugénia qui observe de loin explique :

— Si le grand chef agit de la sorte, c'est qu'il sait quelque chose. Ce sont sans doute ses espions qui l'ont renseigné. Il en a dans toutes les Gaules. Il les paye très cher, mais ils font du bon travail.

Sadko comprend mal ce que peuvent être des espions. Le vieux Dolvidix lui explique tout en détail puis demande :

— Dans ton pays, vous n'avez pas d'espions ?

Sadko sourit. Comment des hommes pourraient-ils espionner d'un bord à l'autre de ce lac immense ? Sadko se contente de répondre :

— Non... Je ne crois pas.

Mais le vieil Helvète reste sceptique. Hochant la tête, il dit encore :

— Tu es jeune. Tu ne peux pas tout savoir. Moi, je ne peux pas croire qu'il existe au monde un pays sans espions... C'est quelque chose qui fait partie de la guerre. C'est comme si tu me disais qu'il peut y avoir une armée sans cavalerie.

Sur la colline, au milieu du cercle immense formé par tous ces chariots, des feux se sont allumés. Les deux hommes les regardent un moment en silence. La nuit est là. Le ciel étoilé vibre. Il est d'une clarté infinie. Et quand la lune se montre, tout se dessine avec une netteté qui surprend. La lueur des feux semble presque pâle.

Matugénia s'avance. Il est accompagné par l'officier qui commande le parti de cavaliers arrivé en renfort pour assurer la garde sur cette rive. C'est un grand gaillard sec, au visage anguleux et aux longs cheveux blonds. Il se nomme Camilliers. Il a une curieuse voix un peu frêle qui contraste avec sa taille et son regard dur. Il les salue et explique :

— Moi, je le savais. On peut pas faire traverser tout le monde de cette manière. Les chefs ont fini par le reconnaître.

— Et alors, demande Dolvidix, qu'est-ce qu'on va faire ?

— Demain ils vont construire d'autres radeaux et ils les encorderont bout à bout. Ça fera un pont. Et tout le monde pourra passer.

— Ça va prendre beaucoup de temps, observe Matugénia.

— Oui, mais on ne peut pas faire autrement.

Les hommes vont manger près d'un feu où des femmes ont fait griller du mouton volé aux cultivateurs d'un village voisin. Puis ils vont dormir dans un chariot.

Sadko ne prendra la garde que durant la deuxième moitié de la nuit. Quand il sort, il fait frais. Un épais brouillard monte de la rivière. On ne distingue rien ni de l'autre rive ni de la colline où est installé le grand campement. Le factionnaire que Sadko relève lui dit :

— Je sais pas ce qu'on fout là, ils viendraient sans faire de bruit, on n'aurait même pas le temps de les voir qu'ils nous tomberaient sur l'échine.

— La seule bonne chose, réplique Sadko, c'est que, s'ils ne savent pas où on est, ils risquent de nous chercher un bon bout de temps.

Le cavalier helvète a un ricanement.

— Qu'est-ce que tu crois ? Si Divico a des espions, tu peux être certain que César en a dix fois plus. Il y a belle lurette qu'il sait où on est ! Ses espions sont sans doute les mêmes que ceux qui travaillent pour nous. Ils sont payés deux fois !

Le brouillard s'accroche jusque vers le milieu de la matinée. Il faut pratiquement qu'un cheval ait les sabots dans la Saône pour que son cavalier commence à deviner la surface de l'eau. D'où ils se trouvent, Sadko et ses compagnons entendent les coups de hache et de masse des hommes qui besognent sur l'autre rive. Des cris aussi leur parviennent. Des ordres et des jurons.

Alors que Sadko fait boire son cheval, il entend des hurlements.

— Là-bas ! Vite ! En aval !

Dolvidix qui se trouve près de lui lance :

— Une attaque ! Attention !

Mais les cris s'éloignent. Les hommes qui hurlaient ainsi n'étaient pas assez nombreux pour qu'on puisse vraiment penser à l'arrivée de l'armée romaine. Le vieil homme prête l'oreille un peu mieux. Sadko ne comprend pas assez bien la langue celte pour savoir ce qui se passe. Il observe le vieillard dont le visage ridé reflète une grande inquiétude. Puis, d'un coup, ce visage s'éclaire. Un sourire se dessine puis un rire ouvre la bouche édentée.

— Qu'est-ce qu'il y a donc de si drôle ? demande Sadko.

Continuant de rire, Dolvidix s'approche de lui.

— Faudrait pas qu'on m'entende rigoler. Mais je peux pas m'en empêcher : ils ont profité du brouillard pour foutre le camp.

— Qui ? Les paysans ?

— Bien sûr !

— Ça alors !

— Avec un brouillard pareil, un gaillard qui connaît le pays, tu peux toujours cavaler derrière. Faudrait bien de la chance pour le rattraper !

Il se tait un moment pour tendre l'oreille. Les appels s'éloignent.

— En tout cas, reprend-il, si les Romains ne savaient pas encore où on est, ils vont le savoir vite. Et ces paysans-là vont pouvoir se rembourser de ce qu'on leur a pris. Sûr qu'ils vont toucher une belle prime.

Ils écoutent encore. En face, le travail a repris mais certains doivent s'obstiner à poursuivre les fuyards car les cris s'éloignent rapidement. Après un temps, Dolvidix ajoute :

— Oui, une belle prime. Et tu vois, mon petit, c'est une chose qu'il faut jamais oublier : en fin de compte, la guerre, c'est toujours une question d'argent. C'est celui qui peut payer le plus cher qui est le mieux...

Il est interrompu par une voix qui crie de l'autre rive :

— Vous m'entendez, en face ?

La voix de Matugénia qu'on ne voit pas du tout lance :

— Lieutenant Matugénia. J'vous entends très bien !

— Ces salauds se sont tirés. En aval, ils ont des barques. Ils ont dû traverser. Envoyez une patrouille tout de suite.

— D'accord ! Je pars avec six cavaliers.

— Si vous les trouvez, discutez pas. Vous les tuez sur place ! Pas de pitié pour ces gens-là !

Matugénia sort du brouillard. Deux cavaliers helvètes le suivent. Il lance :

— Sadko ! Avec nous. Et il m'en faut encore trois autres.

Il crie très fort dans la brume et, tout de suite, plusieurs voix répondent :

— On est là, chef. On y va !

Et il y a dans ces cris une joie presque féroce. Comme un appel à la curée.

46

Ils partent donc en file derrière Matugénia. Ils suivent le haut de la berge. Par endroits, le brouillard est si épais qu'ils ne voient même plus la rivière. À plusieurs reprises, ils doivent traverser des ruisseaux où les chevaux enfoncent dans la vase. Plus loin, des ronciers extrêmement touffus les obligent à un sérieux détour. Un cavalier dit :

— Ils seraient cachés là-dedans, on les verrait même pas.

Matugénia s'arrête. Furieux, il dit :

— Je suis stupide, on aurait dû emmener des chiens. On en a au moins dix sur cette rive.

Un cavalier propose d'aller les chercher.

— C'est ça. Fonce. Avec les chiens, tu nous retrouveras toujours.

L'homme fait demi-tour et disparaît très vite. Ils vont encore un bon moment, s'arrêtant de loin en loin pour écouter. Parfois, les voix des hommes qui patrouillent sur l'autre berge leur parviennent. Matugénia observe :

— Y parlent trop. Et trop fort. Les fugitifs

seraient par là, ils auraient beau jeu de se planquer.

— C'est sûr qu'eux, ils doivent fermer leur gueule.

Ils marchent depuis longtemps déjà quand le cavalier qui est allé chercher les chiens les rejoint. Il dit :

— Pour revenir, au trot tout le long. J'avais jamais foncé pareillement à l'aveugle !

— T'aurais pu te tuer.

Les chiens partent devant. On dirait qu'ils ont compris qu'ils doivent chercher quelque chose. On les entend fureter dans les buissons et les ronciers. Parfois, l'un d'eux pousse un petit cri.

Ils vont ainsi encore un long moment puis, d'un coup, un souffle de vent froid les enveloppe. Aussitôt, le brouillard se met à vivre. Des lueurs blêmes y coulent entre des épaisseurs mauves. Très vite, les lueurs se colorent. Elles deviennent d'un jaune à peine marqué de rose. Des masses se dessinent. Buissons, peupliers, saules têtards. Des formes aussi qui ressemblent à des hommes et qui ont l'air de s'enfuir.

Les cavaliers avancent encore en bordure d'une saulaie qui les pousse sur un sentier de rive très étroit. Et c'est là que deux des chiens se mettent tout de suite à grogner. Deux grands chiens fauves de poil aux oreilles pointues. Les hommes crient :

— Allez, allez, cherche... Cherche !

Ils flairent un moment en hésitant puis, soudain, une petite chienne noire toute frisée s'engage entre des buissons en aboyant très aigu. Les autres la suivent.

— Y a quelque chose, lance Matugénia. Deux avec moi, deux qui tournent les fourrés par la gauche et les deux autres par la droite.

Sadko reste près du lieutenant. Ils poussent leurs montures sur la trace des chiens. Les chevaux ont du mal à entrer dans ces fourrés. Ils doivent piétiner les ronces pour se frayer passage.

Les chiens sont déjà loin quand les cavaliers entendent des aboiements et des grondements furieux. Une tête d'homme émerge. Plusieurs cavaliers crient :

— Y sont là !

— On les voit !

— Y en a au moins trois !

— Non, quatre !

Les autres cavaliers entrent aussi dans les fourrés. Les hommes, sc voyant cernés, ne cherchent pas à fuir. Ils lèvent les mains. La chienne noire bondit pour mordre. Un des hommes se baisse et se relève en brandissant une hache. Son bras s'abat deux fois et la chienne disparaît.

— Salaud, y tue nos chiens, hurle Matugénia qui pousse plus vite son cheval.

Il est le premier sur les fuyards. Sa lourde épée monte et luit dans la lumière grandissante. Les hommes crient :

— Non !

— Non !

— Pitié !

Mais Matugénia, d'un premier coup, a ouvert le crâne de celui qui a tué la chienne. Son épée ruisselante de sang monte à nouveau et frappe encore. Un homme touché à l'épaule essaie de fuir. Les deux grands chiens fauves se lancent sur lui. Il disparaît entre les branches. Sadko a arrêté sa monture. Les autres cavaliers s'avancent. Bientôt, ils sont tous sur place et, très vite, les quatre fuyards sont tués.

Sadko rejoint au pas. Matugénia lui lance un regard chargé de reproches mais ne dit rien. Est-ce qu'il a lu dans les yeux de ce barbare du Baïkal ? Il se tourne vers la rivière. Le brouillard est encore trop dense pour qu'on puisse voir l'autre rive. On ne la devine que çà et là. Le lieutenant crie :

— Ho ! De l'autre côté. Vous m'entendez ?

De très loin, des voix répondent.

— Oui.

Il s'avance dans la direction de la Saône et un peu vers l'aval. Une fois au bord de l'eau, il appelle de nouveau :

— Vous êtes là ?

Les voix plus proches répondent et il demande :

— On vient d'en tuer quatre. Combien ils étaient ?

— Une bonne dizaine !

— Ils ont tous traversé ?

— On sait pas. Cherchez encore.

Une saute de vent plus violente se coule au ras de l'eau et soulève d'un coup un large pan de brume. Aussitôt, dix voix crient :

— La barque ! La barque !

Une lourde embarcation descend au fil du courant. Deux hommes debout poussent avec de longues perches.

— Abordez... Abordez, vous êtes pris !

Quatre hommes au moins sont couchés dans le fond. Les deux qui tiennent les perches font un effort pour gagner le milieu de la rivière. Matugénia fait avancer son cheval vers la berge et crie :

— Allez, Sadko, t'as encore rien foutu et ton tarpan nage très bien.

Sadko dirige Navra vers la rivière où il entre sans hésiter. Se voyant pris, les hommes crient :

— Nous faites pas de mal. On ira au bois. On abattra tant que vous voudrez !

— Abordez ici ! crie l'homme qui commande sur la rive gauche.

La barque oblique et les hommes continuent de pousser à la perche. Quand la rivière est trop profonde, ils font avec leurs perches comme avec des rames.

— Plus vite ! crient les Helvètes.

Le chef ordonne à Matugénia de regagner la rive droite et de fouiller encore les buissons. À regret, le lieutenant dit à Sadko :

— C'est bon, demi-tour.

Ils traversent à nouveau. À présent, le soleil déjà haut darde fort. Des bancs de brume traînent encore çà et là mais la visibilité est déjà très bonne. Quand leurs chevaux sortent de l'eau, les deux hommes se retournent. La barque a touché le rivage. Les six paysans sont à genoux à quelques pas de l'eau. Derrière eux, six cavaliers qui ont mis pied à terre se tiennent debout, l'épée à la main. Le silence est écrasant. Le chef qui est resté à cheval crie très fort :

— Levez !

Les six épées lancent un éclair de soleil. Les hommes les tiennent à présent très haut au-dessus de leur tête.

— Frappez !

Les six lourdes lames s'abattent en même temps. Et six hommes au crâne ouvert basculent vers la rivière où commence à couler leur sang.

47

Sadko est un homme de guerre. Il s'est souvent battu. Son clan a maintes fois traversé le Baïkal gelé pour aller combattre les guerriers des villages d'en face. Et ces gens ne se gênaient pas pour venir attaquer les villages de la côte où il vivait. Il a souvent tué. Il a été blessé. Il a vu mourir bien du monde dans d'atroces souffrances, pourtant, ce matin, il sent monter en lui un profond écœurement. Depuis qu'il a vu enterrer vif ce gamin qui n'avait volé qu'un couteau, Sadko n'est plus tout à fait le même. C'est un peu comme si, en gagnant le royaume des morts, ce garçon en avait ouvert la porte à tous les morts de Sadko. Ceux de ses combats comme ceux des noyades. Rotchka n'est plus seule à le poursuivre. Les autres aussi sont là, et même ceux qui s'en sont allés parce que leur heure de quitter ce monde était venue semblent lui adresser des reproches. Il a beau leur crier qu'il n'est pas responsable de ce qui leur est arrivé, tous s'obstinent à le regarder comme s'il les avait condamnés et exécutés de sa main.

La vision des crânes ouverts par les lourdes épées des cavaliers helvètes le harcèle. Un ordre lancé par Matugénia le fait sursauter :

— Il peut en rester. Déployez-vous sur ma droite, on va battre tous ces buissons où ils risquent de se cacher.

Sadko réagit lentement. Il est comme s'il venait avec peine de s'éveiller d'un cauchemar. Plus lent que les autres à se mettre en place, il se trouve à l'extrémité de la ligne. Loin de la rivière et loin de son chef qui va suivre le rivage. Les chevaux avancent difficilement dans ces fourrés. Ils sont souvent obligés de contourner des buissons, des monticules ou d'énormes ronciers. Quand les cavaliers ont un doute, ils cognent sur les branchages et y plantent leur lance. Sadko fait comme eux. Il est un soldat parmi d'autres soldats. Sa progression, ses gestes, tout est calqué sur ce que font les autres. À vrai dire, il ne réfléchit plus. Quelque chose, tout à l'heure, s'est déclenché en lui qui le pousse à n'être plus qu'un animal qui suit le troupeau. Qui marche du même pas et broute la même herbe.

Les chiens se sont acharnés sur les corps des condamnés. Sans doute ont-ils bu du sang et mangé de la chair. Ils ont repris leur quête, poussés par les hommes, mais ils n'ont plus la même vigueur. Ils ont tendance à passer au plus facile, c'est-à-dire le long de la rivière. Et Matugénia peut toujours leur lancer des ordres, les chiens ne sont pas aussi disciplinés que les hommes.

À présent, le soleil déjà haut chauffe vraiment. Les buissons trempés par le brouillard luisent de mille feux et s'ébrouent parfois en gerbes d'étincelles.

Les cavaliers battent les fourrés depuis un bon moment quand Navra s'arrête et renifle très fort comme il a l'habitude de le faire quand un danger menace. Il s'arrête devant une touffe de saule nain où se mêlent des ronces. Sadko se hausse. Son regard plonge dans un creux, une sorte de nid où un corps d'homme est immobile, recroquevillé. Du manche de sa lance, Sadko touche un bras qui recouvre le visage. Le bras se lève. La main s'ouvre. Elle tremble. Tout le corps tremble. L'homme est très jeune. Aussi jeune sans doute que l'enterré vivant. Sadko retire son arme et la retourne, fer en avant, pour piquer. Mais son geste se bloque. Sa main refuse de pousser sur ce manche. Il vient de rencontrer le regard clair du garçon.

Soudain, le silence semble énorme. Il écrase le roncier où pourtant le vent du matin chante la vie et chante la joie. Des oiseaux volent en piaillant dans les branches des peupliers. Mais aucun de ces bruits ne trouble le silence. Ils en font partie. Eux aussi pèsent lourd sur cet instant.

La bouche du garçon couché dans le roncier s'ouvre, mais nul son n'en sort. Seuls ses yeux crient. Ils crient l'envie de vivre face à la mort qu'il voit au bout de ce fer de lance. La mort qu'il doit lire dans le regard noir de Sadko.

Le temps s'est arrêté de couler. Est-ce qu'il va s'arrêter définitivement pour cet homme qui sort à peine de l'enfance ?

Le bras de Sadko s'est alourdi. Sa main qui n'a

jamais hésité à frapper un ennemi s'est mise à trembler. Et la lance aussi tremble. Elle se retire comme pour prendre du champ et frapper plus fort dans un meilleur élan. Alors les yeux du garçon deviennent immenses. On dirait qu'il ne veut rien perdre de ce geste qui va le clouer à la terre. Mais le fer se détourne lentement. Sadko ferme un instant ses paupières et pousse sa monture à côté du roncier.

Quand il regarde à nouveau, celui qu'il vient d'épargner n'est plus le même. C'est un immense étonnement qui se lit sur son visage.

Sadko sursaute. La voix de Matugénia lance :

— Alors ? Tu viens, oui ?

— Je viens.

— Qu'est-ce que t'as vu ?

— Rien. Mon cheval avait dû flairer une bête. Sans doute un renard qui s'est tiré en douce.

Le tarpan reprend sa marche et se retrouve bientôt à hauteur des autres. Les chiens ont dû sentir un gibier car ils filent et, bientôt, leurs aboiements cessent.

— Ils ont dû tuer ton renard, fait le chef. Y sont plus malins que toi !

Sadko respire plus librement. Il se sent à présent comme après un combat victorieux. Comme s'il venait de triompher d'un géant.

Les cavaliers arrivent bientôt au bout du taillis. Ici, la coupe doit dater de l'hiver dernier et rien n'a vraiment repoussé qui puisse permettre à un homme de se cacher.

— C'est bon, ordonne l'officier, on va rentrer. S'il y en a d'autres, ils ont filé.

Ils regagnent le rivage et reviennent en file en suivant le sentier qui court le long de la Saône. Le soleil et le vent ont fini de dissiper les dernières traces de brume. Les branchages luisent encore et c'est une féerie de lumière qui les accompagne. Des milliers d'oiseaux habitent ces contrées. Les chiens en font lever de grands vols qui montent très haut dans la lumière ou s'en vont au ras de l'eau où ils se posent parfois dans des gerbes de fin cristal.

Il y a dans ce matin une immense joie et Sadko la sent pénétrer en lui. Il lui semble que ses morts qui l'ont tant et tant tourmenté se sont un peu apaisés.

Est-ce qu'il peut y avoir place pour la mort dans un tel matin de joie ?

48

Divico doit être doté d'un sixième sens. Car ses espions, s'ils lui ont signalé le retour de César avec plusieurs légions recrutées en grande hâte, ne l'ont pas vu du tout se diriger vers la vallée de la Saône. Pourtant, le vieux chef helvète a donné l'ordre de hâter le plus possible le travail. Et quand les patrouilles rentrent, une grande activité règne sur les deux rives. Les chefs très excités lancent :

— Allez ! Tout de suite au travail. Les chevaux au débardage du bois.

Une fièvre terrible règne. Elle s'est emparée de tout le monde. Hommes, femmes, enfants, chacun a sa tâche. On abat, on débite, on transporte. Les bœufs font merveille pour tirer les plus grosses bûches que les ronces retiennent de leurs pièges, mais les bœufs sont lents. Nul aiguillon ne peut les faire avancer plus vite. Alors, on va jusqu'à atteler dix chevaux en flèche pour amener les plus longs troncs d'arbres à pied d'œuvre.

Midi écrase de chaleur et de lumière vive ce chantier. À mesure qu'un radeau est terminé, on le tire, on le pousse vers le large. Et il en va de même sur les deux rives. Ainsi deux langues de bois vont-elles à la rencontre l'une de l'autre.

On ne cesse même pas le travail pour manger. Des femmes qui ont cuit de la viande en apportent des quartiers fumants aux hommes qui les dévorent tout en besognant.

À présent, un grand nombre se tiennent sur la rive droite. Venus avec des radeaux ou à cheval, ils vont couper le bois partout où se dresse un arbre. Certains ont même démoli des maisons pour prendre les poutres. Les paysans ont fui avant qu'on les oblige à travailler.

L'après-midi est déjà bien avancé quand, de la rive gauche, part un radeau qui devrait être le dernier. Des hommes se portent de chaque côté pour l'arrimer aux autres. Ce sera bientôt fait. Encore la longueur de dix pas peut-être et il sera en place. On a prévu des poutres très solides pour le cas où il serait à peine trop court. Et c'est le cas. Les charpentiers avaient vu juste, mais les chefs de guerre les ont pressés.

Le radeau est fixé d'un côté. Six hommes solides apportent une première poutre. Ils sont à mi-chemin quand un cri retentit :

— Des troupes au sud !

— De la cavalerie !

— Aux armes !

— Aux armes !

C'est sur la rive gauche que s'annonce le danger. Loin sous le soleil, un long serpent aux écailles de lumière avance très rapidement.

— Vite ! Vite ! hurle Matugénia.

Sadko est parmi les premiers à dételer son cheval de la bille qu'il traînait. Il empoigne son épée et sa lance et il bondit. Le grand tarpan tout de suite au galop saute sur les radeaux. Il n'hésite pas à s'enlever pour franchir l'espace qu'on n'a pas encore pu boucher. Mais ce sol de bois glissant ne permet pas un bon appel des sabots. Seuls les antérieurs touchent l'autre radeau. Sadko se retrouve à l'eau. Il s'accroche à sa monture. Il a toujours sa lance mais son épée mal fixée à la chaîne vient de couler à pic.

— Allez, Navra ! Allez, mon beau !

Le tarpan nage très vite. Quand il se hisse sur la rive gauche la cavalerie qui s'y trouvait a déjà pris sa course. Les fantassins sont partagés en deux groupes. Le plus important marche au pas rapide sur les traces de la cavalerie, l'autre se hâte de refermer autour du camp le cercle des chariots.

Sadko n'attend pas les autres. Seul, il galope à la poursuite des cavaliers helvètes dont les chevaux sont moins rapides que le sien. Il est certain de pouvoir les rattraper avant qu'ils n'engagent le combat. Il se sent très fort. Il est comme il était dans les batailles qu'il a menées sur le Baïkal. Il se sent tellement fort que même s'il se trouvait seul face à toute la cavalerie romaine, il n'hésiterait pas à attaquer. Hier, ce matin encore, la mort l'habitait à tel point qu'il eût sans doute hésité. Depuis que son regard a lu la joie de vivre dans les yeux bleus du jeune Gaulois, il se sent plus fort que la mort elle-même.

Le grand tarpan des steppes doit percevoir ce qui se passe dans le cœur de son maître. Jamais encore il n'avait filé à cette vitesse. La terre et l'herbe arrachées par ses sabots volent très haut derrière lui. Le vent couche ses oreilles et siffle aux oreilles de Sadko.

Au moment où Navra approche du groupe des Helvètes, son maître le pousse sur la gauche pour déborder cette lourde cavalerie. Quand les Helvètes le voient passer, ils excitent leurs montures. Ils galopent de front mais, alors qu'ils approchent des Romains, Sadko parvient à les devancer. Il est un homme immense qui va pourfendre seul toute une armée. Un homme démesuré sur un cheval qui vole.

Et pourtant, il est un soldat sans épée.

Mais en homme des steppes à l'œil perçant, il a tout de suite repéré le capitaine qui fonce à la tête de cette cavalerie dont Sadko a entendu dire qu'elle est la meilleure du monde.

Un rire énorme le secoue. Un rire à faire trembler des centuries.

Sadko est ivre de vitesse et de vigueur, mais lucide. Il ne fonce pas vraiment sur l'officier romain. Il fait comme s'il ne l'avait pas vu. Il veut que ce soit l'ennemi qui modifie sa trajectoire pour venir l'attaquer. Et le Romain se déporte sur sa gauche. Sadko agit exactement comme s'il voulait l'éviter. L'autre déplace sa lance. Navra a compris. Au moment précis où l'ennemi va atteindre son maître, il accomplit ce bond de côté que nulle autre monture ne saurait réussir. Ce saut que Sadko a enseigné à tous les chevaux qu'il a montés. Décontenancé comme l'ont toujours été ceux qui ont affronté Sadko, le

Romain veut modifier l'angle d'attaque de sa lance. À peine a-t-il amorcé son mouvement que son arme lui est arrachée et que celle du cavalier du Baïkal lui transperce la poitrine.

Le Romain part en arrière. Il va vider les étriers. Et la poignée de son épée s'offre. La main de Sadko s'abat et c'est la chute du corps qui tire et dénude la longue lame. Une arme de fer magnifique comme seuls les Romains en possèdent. Déjà elle monte dans le soleil où elle tournoie en lançant des éclairs. Deux ennemis en quelques instants ont senti dans leur chair son tranchant et son poids. C'est le diable en personne qui creuse dans les rangs serrés une longue tranchée de sang. Le diable sur un démon de cheval des steppes.

49

Nul ne saura jamais combien ils sont, ce jour-là, dans le soleil et la poussière à s'entre-tuer au bord de cette rivière paisible. Des centaines, des milliers. Les uns casqués de fer et cuirassés, les autres à demi nus chargeant dans une folie de meurtre, poussés par une soif de sang que rien n'explique vraiment. Même les chevaux semblent pris soudain de la même folie que les hommes. Et les chevaux meurent aussi. Leur agonie terrible emplit l'air de hennissements d'épouvante. Face à la mort, couchés, éventrés, piétinés, saignant de mille plaies, ils battent l'air de leurs lourds sabots comme s'ils voulaient entrer au royaume des morts au grand galop.

Écrasés sous leurs montures, les cavaliers agonisent. La terre regorge de sang. Le sang des hommes mêlé au sang des bêtes.

Les combattants à pied pataugent dans cette boue de terre, de chair et de sang. Les sabots des chevaux comme les chausses des soldats foulent cette vendange horrible, écrasent ces fruits éclatés d'où ruisselle un vin empoisonné par la haine. La haine de ces hommes qui n'ont d'autre raison de se détester, de se maudire, de se combattre, que la vénération qu'ils portent à leurs généraux.

Cent fois les Romains reculent, cent fois les Helvètes sont bousculés. Il n'y a ni vainqueurs ni vaincus. Durant des heures, sur ces prairies qui deviennent marécages tant le sang les imprègne, la seule armée victorieuse est l'armée des ombres. Celle qui mobilise les puissances des ténèbres pour les lancer contre ce que les vivants portent en eux de raison et d'amour.

Et, du haut de la colline où ils sont blottis derrière le rempart dérisoire de leurs chariots, les femmes, les enfants, les vieillards terrorisés regardent cette mêlée d'où monte une clameur d'épouvante, d'où ruisselle un fleuve rouge.

Pas une seule fois au cours de ces heures de carnage on ne peut voir un Romain ou un Helvète tourner le dos à l'ennemi. Pas un seul de ces hommes ne tremble face à la mort.

Ceux qui ne meurent pas de leurs blessures, ceux qui ne succombent pas piétinés, écrasés par les chevaux comme par les hommes, ceux que le nombre et la puissance des armes modernes des Romains repoussent jusqu'au bord de la Saône finissent enlisés ou noyés. Certains tombés à l'eau parviennent à nager, à revenir sur la terre ferme, saisissant alors l'épée ou le poignard d'un mort, ils se lancent de nouveau dans la mêlée. Ils vont chercher cette mort qui, dix fois déjà, les a frôlés de son souffle glacé mais n'a pas encore voulu les prendre.

Et, comme habités de feu, un cheval et un

cavalier bondissent. On pourrait croire que l'homme et la bête soudés l'un à l'autre ne font qu'un seul animal d'une force et d'une rapidité incroyables. Ni l'un ni l'autre ne porte la moindre blessure. Pas une égratignure et, pourtant, tous deux sont couverts de sang.

L'épée prise au général romain qu'il a tué dès le début de l'action fait merveille dans la main de Sadko. Elle semble animée de sa propre vie. Ses tourbillons pareils au vol du bourdon la rendent irrésistible. Elle a déjà brisé vingt lances, tordu vingt épées, fait tomber vingt boucliers, tranché des bras, des jambes, des cous et ouvert bien des crânes. Nul casque ne lui résiste. Comme pris de folie, Navra bondit par-dessus les autres chevaux. Ses sabots sont habités de vent. À plusieurs reprises déjà, il est sorti du cœur de la tourmente pour galoper sur le large de la plaine. Il s'est saoulé de vent et de vitesse pour replonger comme enrichi de force neuve au plus épais de la bataille. Et dans ces remous de fer et de chair mêlés, il s'ouvre toujours le même chemin sanglant. Nul jamais, ni parmi les Romains ni parmi les Helvètes, n'a vu pareil démon.

Et quand les Helvètes, dominés, écrasés par le nombre, reçoivent l'ordre de se replier pour aller défendre le camp retranché avec les troupes qu'on y a laissées, le grand tarpan des steppes est le dernier à rompre le combat. À trois reprises encore, tel un oiseau de proie, il pique vers l'armée ennemie, le temps que l'épée de Sadko mette à mal un cavalier romain.

50

Le soir commence à tomber quand les Helvètes regagnent le camp. Ce n'est pas une déroute, mais une retraite ordonnée, avec une arrière-garde qui ne cessera pas un instant de faire front et de contenir le flot des Romains dix fois supérieurs en nombre.

Le crépuscule a pris lui aussi des couleurs de sang et de sable mêlés. Son reflet sur la rivière montre le pont de radeaux détruit. Des billes de bois partent lentement vers l'aval. Des cadavres aussi.

Quand Sadko bondit à l'intérieur du camp retranché parmi les derniers soldats, la nuit est presque là mais elle n'arrêtera pas les combats.

C'est une autre bataille qui s'engage. Même les femmes, même les vieillards y prennent leur part. Debout sur les chariots qui forment le rempart, les Helvètes que soutient la fureur du désespoir lancent leurs traits sur les assaillants.

La lune qui monte et grandit noie ce carnage d'une lueur glacée qui précède, pour des milliers d'hommes, de femmes et d'enfants, la clarté froide de la mort.

Cent fois des Romains qui ont réussi à se hisser sur les chars sont repoussés, bousculés, renversés. Très peu se relèveront. Les pieux les ont éventrés. Des brandons enflammés, des fers rougis au feu leur ont brûlé la face.

Se glissant entre les roues des chariots, des enfants et des femmes piquent au ventre les soldats qui essaient de monter. Et ceux-là lèvent les bras au ciel et partent en arrière, entraînant parfois dans leur chute les guerriers qui les suivent. Il y a, chez les uns comme chez les autres, une rage de détruire, une fureur de tuer que rien ne saurait calmer. Il faudrait que les armes cessent de s'entrechoquer pour que puisse se faire place une lueur de raison.

La plainte des soldats blessés et le râle des mourants ne sont plus dominés que par le choc du métal et les cris stridents poussés par les enfants.

Les fantassins helvètes ont, depuis longtemps, abandonné leurs boucliers de bois et de cuir que les traits des Romains transpercent trop aisément et clouent les uns aux autres. Ils combattent à découvert et c'est leur poitrine nue qu'ils offrent aux glaives des guerriers de César.

Sadko aussi combat à pied. Il a toujours son épée de fer et, du haut d'un char, il frappe de toutes ses forces. Mais ce n'est pas son rôle que de se battre ainsi. Un cavalier des steppes d'Asie ne saurait devenir fantassin. Navra est derrière ce char où se démène son maître. Il ne comprend pas. À plusieurs reprises, il pousse de longs hennissements. Un appel que Sadko entend très bien. Qu'il reconnaît. Un appel auquel il a du mal à résister. Il résiste pourtant un long moment. Il le fait avec d'autant plus de force que vient de le rejoindre son vieil ami, le gros Tamar. Tamar qu'on avait affecté à une autre unité et qu'il n'a vu que très peu depuis quelque temps. À présent, ils sont de nouveau côte à côte et tous deux se battent comme des fous. Tamar aussi a ramassé une épée romaine. Et il cogne de toute sa puissance, de tout son poids.

Mais Navra hennit de nouveau et un autre tarpan avec lui. Le cheval de Tamar. Alors, sans cesser de cogner, Sadko se rapproche de son ami et parvient à lui dire :

— La place des cavaliers n'est pas sur un rempart !

— Non. Mais que faire ?

— Aller mourir au large.

Leurs regards un instant se croisent. Sans un mot, ils bondissent. Très vite, ils sont en selle. Au petit trot, ils longent le cercle des chariots. C'est partout la même mêlée. Mais là, un char plus bas que les autres semble ouvrir à moitié une brèche qui les attire. Il y a dans l'enceinte un espace suffisant pour prendre un bon élan.

— Allez !

— Allez !

Ils ont crié presque en même temps. Et comme s'ils avaient des ailes, les deux tarpans s'enlèvent. Les deux épées de fer font dans le ciel des moulinets de lumière. On dirait que la lune et les étoiles ont soufflé de leur feu sur ces deux cavaliers.

Les Romains médusés voient ces chevaux volants passer au-dessus d'eux. Certains croient que des dieux sont parmi les Helvètes. La peur les saisit. Mais les deux cavaliers voltigent à présent derrière les assaillants. C'est un harcèlement qui durant un moment jette un peu le trouble parmi les plus vaillants.

Sadko et Tamar ont retrouvé l'espace qui leur manquait. Ils galopent comme s'ils voulaient s'enfuir, mais c'est juste pour redonner du nerf à leurs montures. Piquant soudain sur l'arrière des Romains, ils frappent à tour de bras. Et leurs tarpans se déplacent à une telle vitesse qu'on les croirait cinquante où ils ne sont que deux.

Et il faut toute la science, tout le sens de la guerre d'un général romain pour venir à bout de cette cavalerie. Posément, calmement, il fait placer derrière des chevaux morts ses meilleurs lanceurs de traits.

— Restez en embuscade. Et quand ils passeront à bonne portée, visez au cœur. Et je veux vivants leurs chevaux du diable.

Les deux cavaliers filent vingt fois hors de portée. Puis, sans avoir deviné le piège, ils se rapprochent. Ils sont là. Ils passent à bonne distance. Les javelots partent et tous deux sont touchés. Un trait planté en plein dos, ils continuent de galoper. Le premier qui tombe est Tamar dont le tarpan s'arrête. Navra continue. Son maître blessé tient toujours ferme. Le général romain a trop à faire pour le poursuivre. Trop besoin de ses hommes pour en lancer à ses trousses.

Car la bataille continue. Le camp retranché

tient toujours. Les Romains savaient que les Helvètes étaient de terribles guerriers ; ils apprennent aujourd'hui que, parmi ce peuple, même les femmes et les enfants sont capables de se battre.

C'est seulement par le nombre qu'ils vont finir par dominer. Toute la nuit, ils devront attaquer.

La colline n'est plus une terre où pousse la vie, elle est un monceau de morts et de blessés. De ces hauteurs ruissellent des rivières de sang qui s'en vont vers la Saône où va plonger le jour. Une aube glauque monte lentement, comme si le soleil hésitait à éclairer pareil carnage. Hommes, femmes, enfants, chevaux et bétail de toutes sortes sont pêle-mêle dans la souffrance. Le souffle rauque de l'agonie monte vers cette aube incertaine. Nul ne saura jamais combien de vivants se sont battus ici. Nul ne saura jamais combien sont morts dans cette plaine et sur les flancs meurtris de cette colline paisible.

51

Tamar est mort, mais Sadko est encore vivant. Son cheval l'a mené au bord de la rivière. Là, il s'est laissé glisser à terre. À plat ventre sur une plage de vase, il boit avidement cette eau qui a le goût de la terre et du sang.

Il boit, puis il se retourne. Il rampe pour s'éloigner du lit de vase. D'une voix faible, il ordonne :

— Couche-toi ! Couche-toi, mon beau !

Le grand tarpan s'allonge sur l'herbe et Sadko s'assied, le dos contre son ventre. Entre les pattes de ce cheval, il éprouve le sentiment que la mort ne peut pas venir le prendre. Il regarde vers la hauteur où le combat continue avec le même acharnement.

Car les Helvètes n'ont pas encore cédé. César sait à présent que de tous les Gaulois, de tous les Celtes, ils sont les meilleurs guerriers.

Presque tous leurs officiers sont morts ou blessés. Un vieux capitaine, pourtant, les commande encore. Il ne sait plus quelle manœuvre entreprendre. Il est debout sur un char. Et sous ce char, il entend des grognements. Il se penche. Des cochons énormes raflés dans des fermes sont là. Et il y en a d'autres plus loin.

Alors le vieux guerrier se souvient que, dans certains chariots, il y a de la poix. Sans perdre une minute, il ordonne qu'on apporte toutes les outres, tous les vases qui contiennent de la poix, tous les récipients où il y a du soufre et des alcools forts.

On obéit. Les hommes ignorent ce qu'il veut faire mais ils savent que ce vieux chef connaît mille et mille ruses de guerre. Dès que toutes ces matières sont là, il ordonne qu'on sorte un par un les cochons. Et, à mesure qu'ils paraissent, il les fait asperger de poix, d'alcool et de soufre. Les soldats ont du mal à tenir ces bêtes.

— Qu'on écarte un chariot ! hurle le vieux chef.

Dix hommes se mettent aux roues et deux au timon.

— Qu'on apporte du feu !

Un foyer est tout proche. Sur une grille, on prend des braises. Les hommes ont compris.

À mesure qu'un cochon approche de la brèche, on lui boute le feu. La peau enduite s'enflamme et l'animal hurlant de douleur s'enfuit. Il fonce entre les jambes des guerriers romains et dans les pattes de leurs chevaux.

La brûlure est atroce et rien ne saurait arrêter ces torches vivantes.

Les chevaux effrayés se cabrent. D'autres partent au loin dans un galop de folie.

Et de nouveaux cochons enflammés et hurlants sortent de ces remparts où il semble aux assiégeants que Satan en personne attise le feu. Que c'est lui qui lâche sur la cavalerie une horde de démons.

Dans cette fin de nuit où des traînées de brume montent de la rivière, le passage de ces monstres hurlant leur peur et leur douleur a quelque chose qui tient de la sorcellerie. Et il faut un long moment pour que les Romains se reprennent. Pour que les cavaliers parviennent à maîtriser leurs montures pénétrées d'épouvante.

De la place où il est, Sadko voit ces énormes boules de feu traverser les rangs de toute une armée. Certaines bêtes que des javelots ont pu atteindre tombent et se consument sur place. Les autres que guide leur instinct filent vers la rivière et plongent sans ralentir leur course. Plusieurs passent tout près de Sadko dont le cheval tente de se lever.

— Non. Couché, Navra !

Le tarpan effrayé obéit tout de même. L'odeur de poil et de viande brûlés est très forte. Les bêtes nagent vers l'autre rive. On voit seulement leur groin à la surface de l'eau. Leurs grognements font de curieux gargouillis. Déjà plusieurs d'entre eux ont pris pied sur l'autre rive. Le feu qui les dévorait est éteint mais la douleur persiste et les plaintes qu'ils lancent sont atroces.

Sadko regarde de nouveau vers la colline. Le combat continue mais semble moins violent. Il est un peu comme un foyer qui manquerait de bois. Mais le sang coule encore et les premiers rayons du soleil éclairent les derniers efforts des lutteurs exténués.

CINQUIÈME PARTIE

Retour

52

Épuisé, Sadko qui s'est vidé de son sang a fini par perdre connaissance. Le froid de la terre et de l'eau a commencé de pénétrer en lui. La dernière image qui l'a visité, c'est le visage de Rotchka. Rotchka souriante. Rotchka riant alors qu'ils couraient tous les deux, il y a des années, au bord du lac Baïkal.

Le cavalier des steppes toujours adossé à son cheval parfaitement immobile a pensé au Rhône qui a emporté les siens. Il a pensé à la Saône toute proche et espéré que son eau le prendrait pour le porter jusqu'à celle du fleuve furieux où se sont endormis ses morts.

C'est une douleur très vive qui le fait revenir à lui. Exactement comme si on enfonçait à nouveau le fer de la lance romaine dans son dos. Ses lèvres s'ouvrent à peine. Un seul mot en sort :

— Navra !

Une voix dit dans la langue celte :

— Ton cheval n'est pas mort.

Une lumière rouge baigne le ciel. De longs stratus mauves sont suspendus dans un air tiède, pénible à respirer. Est-ce l'air qui est épais ou la poitrine du blessé qui a du mal à se soulever? Est-ce le ciel qui étire ces longues nuées ou sa vue qui se brouille parce que la mort approche?

Dans la langue du Baïkal, quelqu'un demande :

— Tu as mal?

Sadko reconnaît Dolvidix qui se penche sur lui. Il souffle :

— Oui.

— Où es-tu blessé?

Il veut lever le bras pour désigner son dos par-dessus son épaule, mais à mi-geste sa main retombe. La douleur le fait grimacer.

— Où? demande encore le vieil Helvète.

Sadko fait un effort énorme pour souffler :

— Le dos...

Ce mot l'a épuisé. Comme vidé de ce reste de vie qui lui donne à peine la force d'entrouvrir les paupières.

Toujours à mi-voix, Dolvidix dit :

— Sadko, on va te soigner. Tu guériras. Tu es solide, toi!

Puis, très vite, dans sa langue, il parle à des gens qui se penchent vers le blessé et, avec bien des précautions, le couchent à plat ventre. On déchire le cuir de son vêtement. On applique une pâte sur la plaie par où tant de sang s'est écoulé. Le sol tremble un peu. C'est un chariot qui approche. Des bras solides soulèvent Sadko. Le ciel bascule. Les arbres, la rivière, tout se balance curieusement avant de disparaître.

La douleur est plus sourde mais toujours profonde et Sadko a dans la bouche un goût étrange.

Nuit presque complète. La lourde bâche du char s'est refermée. De la paille sèche craque. Des formes se devinent dans la pénombre.

Sadko fait un effort énorme pour prononcer un mot :

— Navra !

Dans la langue celte, une voix de femme dit :

— Je crois qu'il s'inquiète de son cheval.

Le char tangue un peu. Dolvidix se hisse et avance la tête le temps de lancer :

— T'en fais pas, ton cheval n'est pas blessé. Il a été le premier à s'occuper de toi. Il est là. Derrière le chariot. Bien attaché. Il te sent.

Rassemblant toutes ses forces et surmontant la douleur que lui arrache chaque mot, chaque geste, Sadko se soulève sur un coude et parvient à dire :

— Pas l'attacher... Il me sent... partira pas.

— C'est bon. T'en fais pas, je vais le détacher.

— Manger ?

— Oui, on va lui donner. T'en fais pas.

Le char se met en route et son balancement sur les terres meubles est très douloureux. Chaque inclinaison, chaque chute dans une fondrière, chaque pierre qu'une roue rencontre fait renaître la douleur. Bientôt, le char s'arrête. On parle tout près. La bâche de cuir s'ouvre et la lumière qui a pris de la force éblouit le blessé. Des formes se profilent. Des gémissements. On allonge un corps à côté de l'homme du Baïkal. Dolvidix qui est monté et vient à genoux près de Sadko se penche à son oreille pour dire :

— C'est une femme. Un coup d'épée en pleine poitrine.

Sadko tourne la tête pour tenter de voir ce visage, mais la bâche retombe et, déjà, le chariot repart.

Des cris, des appels, des bruits de toutes sortes. Le char tangue longtemps dans les terres molles. Sadko s'engourdit. Puis, après un temps dont il n'a aucune idée, il se réveille. Une main serre très fort son poignet où des ongles s'enfoncent. Il tourne la tête. C'est à peine s'il devine la forme à côté de lui. Il n'ose bouger. La main serre toujours très fort. Puis, peu à peu, cette étreinte se détend légèrement. Elle ne serre plus du tout et les doigts glissent lentement tandis que la main tombe.

Sadko ne bouge pas. Il n'ose pas de crainte de réveiller la blessée.

Le voyage continue et la lumière décroît. Les paupières de Sadko se ferment. Le sommeil l'emporte dans ses nuées tièdes et son silence soyeux.

53

Le lourd chariot a dû rouler longtemps. Il va très lentement et Sadko a compris qu'il est certainement tiré par une paire de bœufs.

La nuit est là quand il fait halte. On marche, on remue, on parle tout autour. Sadko voudrait pouvoir demander où l'on se trouve. Où on va. La femme à côté de lui n'a pas bougé.

La bâche s'ouvre et une ombre se profile.

— Ça va ?

C'est la voix de Dolvidix.

— Où on est ?

— Je t'expliquerai.

Une femme est entrée à côté du vieil Helvète. Elle avance sur la paille et, soudain, elle s'arrête. D'une voix qui tremble, elle dit :

— Eh bien... Elle... Elle est morte.

Calmement, Dolvidix répond :

— Ça ne m'étonne pas. Elle avait perdu trop de sang.

Sadko pense que cette main inconnue a serré son poignet. Il dit :

— Ça doit faire un bon moment qu'elle est morte. Elle n'a pas bougé depuis bien longtemps.

D'autres personnes sont venues et tirent ce corps vers l'arrière du chariot. Une femme observe :

— Elle est froide. Déjà roide.

La lueur vacillante d'un feu éclaire vaguement le dessous de la bâche. Sadko se soulève. Il voit son cheval immobile, un peu en retrait. La clarté des flammes éclaire le côté droit de sa belle tête.

Tout le monde disparaît puis, alors que Sadko commence à s'assoupir, la bâche se soulève de nouveau et Dolvidix se hisse dans le char. Il tient un pot de terre et dit :

— Il faut que tu boives un peu.

Sadko boit. Il a très soif et ne s'en était même pas rendu compte.

— Pas trop d'un coup.

— Où sommes-nous ?

— Je t'expliquerai. Est-ce que tu as faim ?

— Non.

Il répète sa question et Dolvidix va poser son pot d'eau à l'entrée du chariot avant de revenir s'asseoir dans la paille pour dire :

— Ils étaient trop nombreux. Et mieux armés que nous. Nous avons été battus. Il y a eu beaucoup, beaucoup de morts. Chez eux aussi.

Il se tait comme s'il hésitait à poursuivre. On sent que tout ce qu'il retient en lui n'est pas facile à dire. Finalement, après un long soupir, il se décide :

— Il faut bien reconnaître que César aurait pu

faire massacrer tout le monde. Il nous a épargnés en ordonnant que l'on rentre sur nos terres.

Il se tait. Sadko voudrait l'interroger pour en savoir un peu plus, mais il sent que chaque mot que ce vieil homme s'arrache provoque une blessure. Un long moment passe. Dehors, on bouge beaucoup. Des lueurs et des ombres se dessinent sans cesse. À la clarté du premier foyer s'en est ajoutée une autre. Se levant sur un coude, Sadko voit qu'on a donné de l'herbe à son cheval. Après un long moment, le vieil Helvète reprend d'une pauvre voix éteinte :

— Tu vois, César nous condamne au retour... La guerre... la guerre...

Il n'ose pas ajouter les quelques mots qui, sans doute, le soulageraient. Il demeure silencieux et Sadko commence à s'engourdir quand la voix poursuit :

— Il nous oblige à regagner nos terres où tout a été détruit. Il nous condamne à reconstruire. Et nous savons pour quelles raisons il le fait. Ce n'est pas pour nous épargner. Les Romains n'épargnent jamais leurs ennemis. Non, c'est parce qu'il connaît la bravoure de nos soldats. Il l'a éprouvée. César redoute les barbares du Nord. Ceux qui vivent sur la rive droite du Rhin. Il sait que si nos terres restent sans habitants, ces gens-là les prendront. Ils s'y établiront et César a peur de les avoir pour voisins.

Le vieil homme soupire profondément puis émet une sorte de ricanement pour ajouter :

— En nous renvoyant près du Léman, César se construit un rempart de plus. Sa frontière du nord sera bien gardée. Des montagnes blanches toute l'année. Un lac très large plus la chair des Helvètes. C'est un guerrier qui sait faire bouclier de tout ce qui lui tombe sous la main.

Il sort lentement et referme la bâche. Un moment d'obscurité passe, puis la bâche s'écarte un peu et c'est le gros nez curieux de Navra qui vient saluer son maître.

54

Les prairies et les labours du bord de Saône ont retrouvé leur calme. Un calme qui monte des profondeurs de la terre. Un calme qui semble sourdre des eaux comme sourd cette brume à peine visible. Ce voile léger que le souffle d'un oiseau suffirait à troubler.

D'une rive à l'autre des nocturnes se répondent.

Rien ne semble s'être passé ici qui ne soit pas tout à fait ordinaire. Rien en tout cas qui puisse effrayer.

Et pourtant, sur ces rivages, au flanc de cette colline, dans ces bois de taillis et jusque sous les futaies plus lointaines, des milliers d'hommes se sont entre-tués. Des hommes, des femmes, des enfants sont morts. Le sang a pénétré le sol, ruisselé jusque dans la rivière.

Le combat fini, on a creusé des fosses et enterré des milliers de morts. Des générations de laboureurs vivront ici qui ne sauront rien de la tragédie qu'on vient d'y jouer.

La nuit coule sur ce pays, pareille aux autres

nuits. Depuis qu'on a enlevé les blessés, plus une autre plainte que celle du vent ne trouble le silence.

La terre est nue. La rivière est nue. Seul un frisson la fait vivre. Seul un reflet de lune court sur son eau épaisse et lente.

Plus rien ne vit que les insectes buveurs de sang, que les vers et les rats rongeurs de cadavres.

Pourtant, là-bas, à la lisière de la forêt profonde, un regard court sur la plaine. Un homme accroupi derrière les ronciers qui ourlent la lisière scrute l'obscurité. Son œil s'est habitué à la nuit et le moindre détail lui apparaît. Mais, au premier abord, tout a forme d'homme. Tout peut porter un glaive, tout peut donner la mort.

Il est jeune, à peine plus de vingt ans. Ce n'est pas un soldat, c'est un paysan. Un de ces laboureurs qui, en venant au monde, savent tout de la terre et des travaux des champs. Il vivait là, heureux, avec sa mère, son père et tous leurs animaux. Avec ses mains calleuses. Sur cette terre, il a déjà versé beaucoup de sa sueur. Il a tremblé pour les récoltes. La pluie, la foudre, la grêle, les grands froids des hivers, les maladies des bêtes étaient ses ennemis.

Mais il était trop jeune pour connaître la guerre. Elle est venue soudain avec son train de haine. Elle a déferlé sur le pays d'un coup. Tout un peuple terrible a ravagé les terres. Les récoltes pillées, les animaux enlevés, les maisons incendiées.

Et puis, le pire de tout, les hommes requis pour des travaux de guerre. Pour abattre le bois et l'amener au bord de la Saône. Les coups de plat d'épée sur le dos. La menace de mort. Le fouet.

Deux jours, deux nuits terribles sans prendre aucun repos. À peine le temps de quelques goulées d'eau.

Jusqu'au moment de retrouver cette rivière qu'il leur est arrivé de maudire quand elle noyait leurs terres mais qu'ils aiment pourtant. Jusqu'à l'instant où de son eau si lente est monté ce brouillard tellement épais que c'est à peine s'ils voyaient les premières branches de l'arbre qu'ils devaient abattre.

Alors l'un d'eux a plongé dans l'épaisseur grise. Il est parti en bondissant au risque de se fracasser le crâne contre un tronc d'arbre. Et d'autres l'ont suivi. Ils se sont blottis dans les ronciers. Mais la brume s'est levée et des cavaliers sont arrivés avec des chiens.

Le garçon qui est là est le seul survivant. Il a entendu pleuvoir les coups d'épée sur ses amis. Il s'est vu pris. Un homme à la peau brune et au regard sombre est arrivé sur un grand cheval maigre. Une bête tout en tendons et en muscles. Le cavalier a pointé vers lui sa lance. Et lui continuait d'entendre les plaintes de ses amis. La mort était là. À cette pointe luisante. Sa mort. Et quelque chose s'est passé qu'il n'a pas compris. Qu'il ne comprendra jamais. Son regard a croisé celui du cavalier. Des yeux très noirs. Combien de temps ? L'immobilité. Le silence. Déjà le silence de la mort.

L'œil noir s'est détourné. Le grand cheval a fait deux pas en arrière avant de s'éloigner en contournant le roncier. La sueur coulait à ruisseaux sur le visage et sur le corps du paysan. Une sueur glacée. Plus froide que la brume.

L'homme allait-il revenir? Était-il allé chercher d'autres soldats?

Le temps s'est figé. L'homme n'est pas revenu.

Les heures du jour ont coulé interminablement. Longtemps, le paysan est resté immobile au creux de ce roncier. Loin vers l'aval, il a entendu le bruit terrible de la bataille. Puis, comme plus rien ne bougeait, comme les oiseaux s'étaient remis à chanter, il a rampé entre les fourrés. Il est allé jusqu'aux autres laboureurs. Son père était mort. Ses amis étaient morts. Tous avaient été transpercés par le fer terrible des lances. Tous avaient été frappés par les épées.

Alors, seul sous un amas de branchages où il s'était coulé pour échapper à tous les regards, il a attendu. À la nuit close, il s'est risqué. Il connaît bien le pays. Il s'est orienté. À l'heure sombre, il a traversé en rampant la plaine nue pour atteindre la grande forêt. De la lisière, il a vu des lueurs se déplacer. Il a vu des ombres d'hommes et de bétail. Il a vu et entendu des chariots. Tout un cortège s'est éloigné.

Le silence est venu.

Et l'homme ne comprend toujours pas ce qui a retenu la lance du cavalier aux yeux noirs.

Ce regard est toujours sur lui. Il redoute toujours de le voir apparaître de nouveau.

Le jeune paysan finit par s'enfoncer dans la forêt. Il n'a pas de but précis. Il veut seulement s'éloigner de cette plaine. Fuir le rivage de cette eau où tant de sang a coulé.

Il marche. La lune s'est levée. Les ombres des arbres marchent avec lui. Un vent léger les fait vivre.

L'homme tourne le dos à la plaine mais le regard noir du cavalier le précède. Tout ce qu'il voit de la forêt, du ciel étoilé et des branches que balance le vent lui apparaît à travers ces yeux plus sombres que la nuit.

Il s'éloigne de cette plaine, mais sur cette plaine restera le souvenir de ces heures de colère. Durant des siècles, chaque nuit, des milliers d'ombres se lèveront avec la brume et marcheront en pataugeant dans une boue de terre et de sang.

Par les temps de pluie et de grand vent, on entendra le grondement de la lourde cavalerie romaine chargeant. Les orages feront lever des armées de spectres hurlant leur colère et leur douleur. Tout un peuple face à une armée continuera de se battre. Ces terres seront maudites.

Et les aubes glauques n'effaceront jamais tout à fait le souvenir de tant de crimes.

Un paysan sans âge, tout seul dans la forêt, tout seul sur la plaine et sur le rivage de la Saône assagie, continuera de marcher à la recherche d'un regard où il a vu naître, en cette journée de rage et de violence, la seule étincelle d'amour.

55

Durant d'interminables journées, ils ont marché. Il n'y avait plus, en eux, l'élan qui les avait poussés vers des pays nouveaux. Même les bœufs et les chevaux attelés semblaient porter sur leur dos la charge énorme de la défaite. Tout était morne, sombre et glacé en dépit du soleil et de la progression du temps vers la saison d'été. Tout semblait les mener vers les froids de l'hiver.

Ils ont peiné sur des routes et des chemins qui leur avaient semblé assez faciles quand ils les avaient découverts pour leur grande migration. Ils ont remonté le cours du Rhône dont les eaux émaillées de soleil semblaient leur crier la joie. Mais une tristesse était en eux qui ralentissait leur progression.

L'armée de César n'a pas cessé de les suivre. César qui avait ordonné aux paysans des contrées traversées de leur donner du grain pour eux et du fourrage pour leurs bêtes. Le peuple noble et digne et si fier des Helvètes traité comme on traite une bande de mendiants.

Le retour était un long chemin de honte. Le voyage de la charité.

Et dans les chariots, harcelés jour et nuit par les mouches et les moucherons, des centaines de blessés dont les plaintes montaient sans trêve pour attrister encore les marcheurs épuisés.

De temps en temps, une partie du long convoi devait marquer une halte. Des hommes empoignaient leurs outils, cherchaient pas trop loin du chemin un coin de terre à peu près meuble et se mettaient au travail. À bout de forces, maigres, suant et soufflant, ils creusaient un trou. On y couchait un mort, parfois deux. On rebouchait la fosse puis on roulait dessus une ou deux grosses pierres. On tenait à marquer l'endroit. Pour qui ? Nul ne viendrait jamais se recueillir sur les tombes qui jalonnaient cette route de la défaite.

Les plus vieux, ceux qui se souvenaient du passé, grognaient parfois :

— Ce chemin est bien plus humiliant que le joug !

Ils reprenaient leur marche. Et les eaux musclées du Rhône, ces eaux pleines de force et de vie, allaient dans l'autre sens. Un fleuve de lumière et de joie les croisait qui les saluait d'un éclat de ciel bleu, qui semblait tout heureux de leur malheur. Un fleuve qui s'en allait vers le soleil.

Ils ont marché ainsi des jours et des jours. Ils ont vécu des nuits terribles sous des orages de pluie et de grêle. Ils ont mangé du blé trempé dans de l'eau à peine tiède car le bois même leur manquait. Ils ont parfois réussi à tuer des lapins, des castors, des rats énormes. Ils ont mangé des racines inconnues d'où coulait une sève amère dont ils se demandaient parfois si elle n'allait pas les tuer.

Bien des enfants sont morts tout au long de la route, privés de lait, privés de grain, privés parfois d'amour parce que leurs parents avaient succombé avant eux.

Des vieillards se traînaient en implorant :

— Tuez-nous donc... Achevez-nous !

À bout de forces, certains se laissaient tomber qu'on devait empoigner et hisser sur un chariot où ils allaient commencer leur agonie.

Après bien des souffrances et après bien des larmes, ceux qui étaient assez solides pour survivre ont fini par regagner leur pays entre lac et montagnes. Leur pays désert. Ils y sont arrivés un soir triste et gris. Le ciel soudé au Léman leur dérobait la vue des Alpes. Quelques rougeurs traînaient au couchant. Comme un timide souvenir du sang versé là-bas. Nul n'avait oublié le rêve de la grande eau. Un goût amer était dans toutes les gorges. La clarté demeurait suffisante pour qu'ils puissent encore contempler leur terre. Les ruines des villages et des fermes dressaient çà et là des pieux noirs, des gibets, des potences. Il ne manquait à ce décor sinistre que les pendus.

Des rats couraient partout qui avaient pris possession du pays. Les chiens efflanqués trouvèrent la force de se mettre en chasse. Ils en firent un carnage. Ils en firent un festin.

Les maisons et les cités lacustres aussi avaient été incendiées, leurs squelettes noirs se dressaient sur les eaux que les derniers rayons teintaient d'or et de sang.

Il n'y avait en ces vaincus nulle joie de retrouver leur terre. Les traces des feux où ils avaient brûlé ce qu'ils n'avaient pu emporter de leurs récoltes marquaient le sol d'autant de reproches. Car les pluies n'avaient pas effacé ces larges taches de deuil. Il n'y avait même plus d'enclos pour les vaches, les bœufs et les chevaux, mais on pouvait les laisser en liberté, il n'y avait rien là qu'ils puissent détruire ; la fatigue les écrasait à tel point qu'ils ne risquaient pas de partir.

56

La première nuit, ils l'ont passée dans les chariots. Le vieux Dolvidix qui dort près de Sadko s'est levé souvent. D'habitude, écrasé par la fatigue du jour, il ne bouge pas de la nuit et, à l'aube, il faut le réveiller.

Ce matin, il est debout bien avant que les premiers rayons du soleil ne franchissent la montagne pour plonger vers le lac. Sadko que sa blessure oblige à rester courbé parvient tout de même à ramper jusqu'au bout du chariot. Il soulève la bâche de cuir que le vieil Helvète a laissée retomber et il avance la tête. Navra est immobile à quelques pas. Sentant son maître, il approche. Son gros nez qui souffle tiède se pose sur l'épaule de Sadko. La main du cavalier vient caresser l'encolure du tarpan dont tout le corps frémit.

— Mon beau, tu m'attends... On ira galoper encore. On ira. C'est promis. On ira tous les deux.

Dolvidix est debout sur la berge. Il contemple le lac déjà clair de la première lueur de l'aube encore marqué çà et là par quelques reflets d'étoiles. Le vieillard se tient immobile face à ce qui subsiste de sa maison bâtie sur l'eau à cent pas de la rive. Il ne bouge pas. Sa silhouette est aussi sombre, aussi haute et aussi immobile que celle des pieux noircis par le feu et dont le reflet ondoie doucement. Des canards dorment, le bec sous l'aile en se balançant.

Le vieil homme revient près du chariot. Il approche, caresse le flanc soyeux du tarpan et dit à mi-voix :

— Le lac est beau juste avant le jour.

— Il est toujours beau.

Un long moment passe et le vieil homme soupire :

— Et pourtant, nous sommes partis très loin de lui.

Le silence se reforme de nouveau. Navra tape plusieurs fois du sabot puis il s'éloigne lentement et va boire au lac. Il entre un peu dans l'eau et les reflets se troublent. Des joncs et des roseaux sont bousculés et leur froissement occupe un instant le silence.

Le vieil homme dit :

— Je vais allumer le feu.

Sadko l'empoigne par le bras et l'oblige à rester vers lui.

— Écoute-moi, Dolvidix.

— Je t'écoute, mon petit.

— Tu es vraiment mon ami ?

— Tu le sais bien. Tu es comme mon fils.

— Le seul ami qui me reste.

Le vieillard soupire profondément avant de dire :

— Tu as ton cheval.

— Justement, je vais t'en parler.

— Parle, je t'écoute.

Sadko cherche ses mots avant de demander :

— Est-ce que tu crois que le lac garde les morts ?

— Oui... Il les garde. Il est très profond, tu sais. On ne connaît pas sa profondeur.

Il hésite un peu avant d'ajouter :

— Dans les fonds, son eau est très froide. Les morts y vivent longtemps. Très longtemps. Et leur âme y demeure toujours. Si elle part, c'est pour suivre le fleuve. Mais toujours dans cette eau de glace.

Comme Sadko ne répond pas, le vieux ébauche un mouvement, mais la main du blessé serre plus fort son poignet.

— Dolvidix, ma blessure ne guérira jamais. Tu le sais comme moi. Il fallait que je revienne jusqu'ici pour rejoindre Rotchka.

— Tu peux guérir.

Il n'y pas une ombre de conviction dans cette réponse. Sadko dit :

— Tu sais bien que non. Je n'ai plus de sang. Je vais te demander une chose : quand je serai mort, prends une barque et va jeter mon corps au milieu du Léman. Là où m'attend Rotchka.

— C'est promis, Sadko, mais tu vas vivre encore.

— À présent, mon ami, tu vas seller mon cheval. Je voudrais le monter encore une fois.

Le vieux semble effrayé.

— Mais tu es fou !

— Non. J'aime mon cheval. Fais ce que je te

demande si tu es mon ami... Et quand je serai mort, laisse mon cheval en liberté. Il saura où aller.

Le soleil est loin, mais la clarté grandit. Comme le vieux ne bouge pas, Sadko dit d'une voix ferme :

— Fais ce que je te demande. N'attends pas que les autres se réveillent.

Dolvidix hésite mais Sadko le supplie. Il finit par appeler Navra qui vient tout de suite. Le harnachement est là, dans le chariot, et le cheval se laisse faire. Il frémit d'aise car il sait bien que nul autre que son maître n'osera le monter. Et tandis que le vieil homme le selle, Sadko lui parle doucement en caressant sa bonne tête.

Et nul ne voit les larmes qui coulent des yeux du cavalier des steppes.

57

Avec l'aide de Dolvidix, Sadko est parvenu à s'agenouiller au bord du chariot puis à se hisser sur la selle. Son ami tient les étriers tandis qu'il y engage ses pieds nus.

— Tu es fou, mon pauvre Sadko... tu es fou. Et tu m'obliges à t'aider dans ta folie... Je ne devrais pas.

— Tu me rends le plus grand service qu'on puisse rendre à un homme : tu me délivres.

Il hésite un instant avant d'ajouter d'une voix douce :

— Tu es mon père... Adieu !

Puis, comme s'il venait d'être piqué par un aiguillon, il lance son cheval qui part au grand galop. Les autres chevaux et les bœufs qui sont là ont un regard étonné pour cet animal soudain pris de folie.

Le cavalier des steppes dirige sa monture vers les espaces dénudés qui vont du bord du lac au pied des coteaux. Le vent froid du matin lui glace le visage. Il ferme un instant les yeux. Le Baïkal est là. Au bout de cette terre où le blé fut brûlé. Il va l'atteindre. Il va retrouver son village et Rotchka et tous les autres. Le village dont il aurait dû être le chef.

Navra galope. Nul besoin de l'enlever pour qu'il franchisse d'un bond les obstacles.

— Va, mon grand... va, mon beau. Tu vas m'aider à rejoindre les autres.

Comme s'il comprenait vraiment ce que désire son maître, le tarpan force l'allure. Il bondit très haut pour le moindre buisson à passer, pour le plus petit ruisseau.

Il n'y a que quelques minutes que dure cette course que Sadko sent le sang couler de sa blessure. Dans sa bouche aussi le goût écœurant est revenu.

À voix basse, il parle à son cheval et le vent de la course lui vole ses paroles :

— Tu partiras vers les montagnes. Je sais que tu vivras. Que tu sauras très bien te débrouiller... J'aurais bien voulu rester encore avec toi... mais c'est fini... fini.

Il fait faire demi-tour à cette bête pleine de vie et qui voudrait galoper encore longtemps. Mais Sadko sent ses forces diminuer. Il crache. Le sang coule dans son dos et coule de sa bouche.

Quand il revient près des chariots, plusieurs feux sont allumés. La fumée se couche lentement en direction du lac et se mêle à une brume légère qui s'accroche aux roseaux et aux buissons de la rive. Une clarté rose mêlée de mauve grandit. Le soleil va atteindre le sommet des montagnes.

Quand Navra vient s'arrêter devant Dolvidix, plusieurs personnes sont avec lui. Sadko ne les voit pas vraiment. Il devine des formes qui se meuvent dans un brouillard qu'il est seul à percevoir. Sa vue se trouble de plus en plus. Il va glisser hors de la selle. Des mains se tendent qui le retiennent et le déposent dans l'herbe humide.

— Faut le mettre dans le char.

— C'est plus la peine.

— Il sera mieux.

— Vous voyez bien qu'il est mort.

— C'était une folie de s'en aller galoper.

Dolvidix les laisse parler. Quand ils se taisent, il dit simplement :

— C'était une délivrance.

Puis il explique ce que souhaitait le cavalier du Baïkal. Il enlève à Navra sa selle et va l'attacher à l'avant du chariot.

— Faut pas qu'il puisse voir où on l'emporte. Il serait capable de suivre.

Ils prennent le corps et Dolvidix empoigne un bout de corde. Il pose une pierre sur le ventre de Sadko et l'attache solidement.

— Comme ça, il ira tout de suite vers les profondeurs où dort celle qu'il aime... Et ils seront heureux.

Deux hommes portent le corps ainsi lesté vers une pirogue où ils le couchent. Dolvidix y prend place avec ces deux hommes qui poussent tout de suite vers le large. L'embarcation passe à hauteur des pieux noircis quand un long hennissement de douleur monte de derrière les chariots.

— Pauvre bête, soupire Dolvidix.

— Qui va pouvoir le prendre ?

— Personne, dit fermement le vieil homme. Personne !

Ils vont jusqu'au milieu du lac. Le soleil vient de se montrer. Il colore les eaux et les filasses de brumes qui traînent à la surface.

— Ici, c'est bien, dit le vieil Helvète en réprimant un sanglot.

Les hommes font basculer par-dessus bord le corps qui s'enfonce lentement. Des vagues qui roulent de l'or vont mourir dans les joncs du rivage.

— Adieu, mon fils, souffle le vieux. À bientôt.

Le bateau regagne la rive où plusieurs personnes attendent. Des gens disent :

— Faut vite détacher son cheval. Il va tout casser.

— Laissez-moi y aller seul, dit Dolvidix. Et qu'on lui foute la paix... il a mal...

Un sanglot étrangle sa voix.

Dolvidix s'est approché lentement du tarpan qui a cessé de tirer sur sa bride et de battre du sabot. Tout en le libérant du harnais, il lui a parlé doucement de son maître puis il l'a laissé libre.

À présent, Navra lève le nez au vent. Puis, au petit trot, il se dirige vers le lac. Il va jusqu'à la pirogue qu'il flaire longuement. Il entre dans l'eau. Puis il revient au sec. Hésite, respire encore à droite, à gauche. Il semble chercher du regard quelque chose qu'il ne trouve pas.

Sans hâte, il revient vers le char. Il pousse du nez la bâche et flaire la paille où a couché son maître.

Il se retire, regarde encore vers le lac puis, au petit trot, il suit la rive vers l'amont.

Des gens demandent :

— Où peut-il bien aller ?

Dolvidix dont le visage ridé et recuit est baigné de larmes souffle :

— Dans son pays des steppes !

Le grand tarpan a toujours son beau trot allongé. Comme il va atteindre la tête du lac, deux hommes qui l'ont vu venir s'avancent pour tenter de l'arrêter. Dès qu'il les voit, le cheval prend son plus grand galop. Il crochète pour les éviter et file en direction de la haute vallée du Rhône.

Il est redevenu un cheval libre. Sans maître. Un vrai tarpan qui n'a plus qu'un seul but : retrouver les steppes sans bornes. Retrouver la terre où il est né.

Depuis ce matin-là, le Léman n'est plus le même. Il est plus riche. Son eau porte toujours le reflet lumineux des Alpes, elle attend avec calme que le soleil sorte de terre pour la débarrasser des vapeurs de la nuit, mais quelque chose est en elle qui n'était pas encore là avant que Sadko et les siens ne soient allés dormir au fond du plus profond.

Le Rhône qui traverse le Léman prend là une autre dimension. Il y entre torrent pour en ressortir fleuve. Il porte en sa musculature luisante la force et la sagesse. Il appelle à lui toutes les eaux qui ruissellent des montagnes. Il court pour épouser la Saône qui emporta jadis tant de sang. Le sang des Helvètes et le sang des Romains. Un peu du sang aussi des cavaliers du Baïkal.

Le grand fleuve fougueux s'en va alors vers le sud. Vers cette eau bleue qu'il troublera très loin, comme s'il refusait de quitter les sables apportés des hauteurs où il a tant couru. Et seules les profondeurs où la lumière ne pénètre jamais savent ce que sont devenus Sadko et celle qu'il aimait. Les eaux obscures savent que leur dernière étreinte s'est nouée dans les algues. Là où ne peuvent descendre ni la souffrance, ni la haine des hommes. Les algues où ne peut descendre le souffle empoisonné de la guerre.

Capian, octobre 1998
Vufflens-le-Château, année 1999
Sainte-Foy-les-Lyon, 2 janvier 2000

"Souvenirs de Bernard Clavel"

Les petits bonheurs
Bernard Clavel

Bernard Clavel se penche sur son passé et nous invite à feuilleter l'album de souvenirs d'un "enfant du Jura". De sa plume chaleureuse et nostalgique, il ranime les scènes de la vie quotidienne dans un monde à jamais perdu et ressuscite "ces petits bonheurs de rien du tout" qui marquent le cœur et la mémoire des hommes.

(Pocket n° 10017)

Achevé d'imprimer sur les presses de

BUSSIÈRE

GROUPE CPI

à Saint-Amand-Montrond (Cher)
en janvier 2002

POCKET - 12, avenue d'Italie - 75627 Paris Cedex 13
Tél. : 01-44-16-05-00

— N° d'imp. 17306. —
Dépôt légal : février 2002.

Imprimé en France